第十一届广东省青少年
环保创意大赛

生态文学优秀作品集

广东省环境保护宣传教育中心 编

中国电影出版社
2025 · 北京

图书在版编目（CIP）数据

第十一届广东省青少年环保创意大赛生态文学优秀作品集 / 广东省环境保护宣传教育中心编. -- 北京：中国电影出版社，2025. 2. -- ISBN 978-7-106-05713-8

Ⅰ. I217.1

中国国家版本馆CIP数据核字第2025NC3531号

责任编辑：卢红丹
装帧设计：云上雅集
责任校对：滕　森　许璐一
责任印制：孙　杉

出版发行　中国电影出版社（北京北三环东路22号）　邮编：100013
电话：64296664（总编室）　64216278（发行部）
64296742（读者服务部）　E-mail：cfpbjb@126.com
印　　刷　长沙市精宏印务有限公司
版　　次　2025年2月第1版
印　　次　2025年2月湖南第1次印刷
开　　本　710mm × 1000mm　1/16
印　　张　18
字　　数　260千字
定　　价　89.00元

写在前面的话

为深入宣传贯彻习近平生态文明思想，推动落实《“美丽中国，我是行动者”提升公民生态文明意识行动计划（2021—2025）》《关于促进新时代生态文学繁荣发展的指导意见》《广东省生态环境教育条例》《关于印发<广东省青少年志愿减碳计划实施方案>的通知》工作要求，繁荣生态文化，开展生态环境教育，引导青少年用文学作品讲好广东生态环保故事，提升生态文明意识，积极投身绿美广东生态建设，广东省环境保护宣传教育中心、广东省志愿者行动指导中心（广东省希望工程服务中心）共同主办“低碳环保记心间，美丽广东我行动”第十一届广东省青少年环保创意大赛生态文学（诗歌、散文）创作比赛。

比赛自2024年6月启动以来，通过知名作家代言、省市联动、生态文学采风、生态文学创作辅导、参赛作品选登等方式广泛发动。截至9月底，比赛收到投稿作品超8000篇，经地市初评筛选，共有5865篇进入省赛评审，作品覆盖全省21个地市、699所学校。经专家评委复评、终评两轮评审，共评选出获奖作品265篇。参赛青少年以其蓬勃的文学创造力、丰富的想象力和深刻的洞察力，多角度、全方位描绘美丽广东，体验和记录广东省生态文明建设的典型案例和实践成果，书写“美丽广东，我是行动者”的第一现场故事。

现精选本次比赛优秀生态文学作品160篇汇编成书，以飨读者。

编　者

2024年12月

目录

诗歌（少年组）

诗歌（青年组）

散文（少年组）

散文（青年组）

第十一届广东省青少年
环保创意大赛
生态文学优秀作品集

诗歌（少年组）

黎明畅想

□ 冉英桓（暨南大学附属小学）

黎明前是这样的，
雨水裹挟着一场风，
马路上的灯光被慢慢吃掉。
站在黑暗中，
我又似乎看到了一片草原，
来历不明的马儿，
跳跃的火光，
以及来拯救世界的繁星。
花儿是未知的颜色，
铁做的月亮敲打着我，
还有带青草味道的露珠，
我们在这片土地上伸展力量。
这里没有钢筋水泥，
也没有车水马龙。
妹妹说请给她一个扶梯，
她想去触摸星星。

假如我有一支魔法棒

□ 丘天添（深圳市龙岗区上海外国语大学附属龙岗学校）

假如我有一支魔法棒，
我会把工厂排出的滚滚浓烟变成朵朵白云。
在蔚蓝的天空上飘荡。

假如我有一支魔法棒，
我会把汽车的尾气变成新鲜的空气，
让人和动物都能顺畅地呼吸。

假如我有一支魔法棒，
我会把污水变成清澈的泉水，
去浇灌树木和田野。

假如我有一支魔法棒，
我会将片片的白色垃圾变成飘落的雪花，
飘向那干旱的沙漠，
让沙漠也能开出五颜六色的花，
长出嫩绿的草。

忽然有一天，
我发现，原来我们每个人手中，

都握着这样的一支魔法棒，
大家一起用它来保护环境。

渐渐地，
山更青了，
水更绿了，
天空更蓝了，
我们的地球变得更美了。
哈哈，我们的魔法变成现实了！

枯叶蝶

□ 何梓茗（深圳科学高中龙岗五和学校）

我拾到一枚叶。
像一只衰朽的，老人的眼。
枯黄的，落寞的。

你的家在何方？
回忆里……
你为何不哭？
我的泪已流尽了……
流进那光秃秃的山，
那淤泥裹身的大河……

它从我手心跳下，
像枯叶蝶，
单薄着，
飘飘然，用劲儿往前飞，
却又跌入污浊的土地里。
我猛抬眼，
阴霾蒙在无尽的枯叶上，
在风的伴舞里，
奏起一首自然的悲歌。

愿

□ 张绪璐［汕头市龙湖区碧华实验学校（校本部）］

愿你身旁落下的，
不是纸屑，
是一只只美丽的蝴蝶。
愿你头顶掠过的，
不是塑料袋，
是一只只洁白如雪的白鹭。
一个个纸盒，
一尾尾鱼骨，
都有对应的价值。
崭新的书籍，
肥沃的泥土，
旧物可循环，
如春焕新生。

有一个塑料袋扔进了水中，
若那海水有一日，
海中尸骨成山，
海洋不再波光粼粼，
不再蔚蓝，
而是腐烂发臭，

人类，会后悔吗？

海底月亮升起，
海水波涛汹涌，
云朵慢慢飘着，
是不是也有一团团烟雾？
成群的海鸥在彩霞中飞舞，
是不是也有几个塑料袋在空中飘荡？

我沉默许久后，
回望这个世界，
风轻轻抚摸我的脸颊，
我望着无边无际的大海。
你听……
是海在哭泣的声音。

愿你身旁落下的，
不是纸屑，
是一只只美丽的蝴蝶。
愿你头顶掠过的，
不是塑料袋，
是一只只洁白如雪的白鹭……

暮

□ 陈可芯［蕉岭县蕉岭中学（桂岭校区）］

在阳光变得柔软的黄昏，
我爱在高处鸟瞰城市，
鸟瞰那些高高低低的岁月，
那些线路纵横穿过的往事。

暮色渐渐漫进游动鱼尾的眸子，
星光下雪峰在遥唤追逐的雁儿，
时间也有了片片剥落的厚度，
才懂得：月亮，是把雪亮的刀子。

叹然

□ 黄以轩（惠州仲恺中学附属初级中学）

朝为江南春，暮作山北雪。

山晓拂雾初苏鸣，物华弥新春不晚；

长天尽染秋层泽，悠然观菊扇轻摇。

栖舟乘荫憩，听蝉声解夏；

祈雪锦华年，支伞赏冬宁。

钟鸣年岁呦呦长，星汉灿烂数月升；

鹤唳辞别旧林去，云影流转新人来。

和谐共生，少欲勿扰。

苍生聚居而望远，大同瑰美然长安。

青苔

□ 许嘉何（东莞松山湖中心小学）

青苔小小，
却充满爱。
它紧紧地抱着大地妈妈，
保护着她的每一寸皮肤。

它没有眼睛，
却能感受大地的变化。
它没有手脚，
却能爬上山坡和低洼。

它在雨水中欢快地舞蹈，
在阳光下温暖地呼吸，
安安静静地，
爱着大地妈妈。

树与土

□ 吴懿德（东莞松山湖中心小学）

我写了三行关于树的诗，
砍掉了两行，
另外一行留给了大自然。
写了五行关于土的诗，
两行种菜，
两行在春天的时候播种，
剩下的一行，
留给小朋友无聊的时候读我。

未尽的诗行

□ 李诗琪（东莞市麻涌镇古梅第一中学）

在森林的边缘，停下脚步，
望着那片曾经的绿色，如今已成灰烬。
弗罗斯特的诗行，似乎在耳边低语：
未尽的诗行，是未尽的希望。

落叶堆积，如同岁月的痕迹，
每一片都承载着逝去的时光。
我拾起一片，轻抚它的脉络，
它曾是生命之歌，如今却静默无声。
风，轻拂过枯枝，发出沙沙的声响，
仿佛在诉说着一个未完的故事。
我闭上眼，试图聆听那未尽的诗，
却只听见，自然的叹息。

站在荒芜的边缘，
我撕心裂肺……

觉醒

□ 江宝怡（肇庆市第六小学）

第一只蜻蜓立上藕荷尖，
月光丝丝缕缕泻在湖中。
望着湖中，那漾开的波纹，
才注意湖边泛着白色漂浮物。
恍惚惊觉，湖中满是这样的生物。

第一滴雨滴落入湖水中，
鱼儿也被这忽访的来客惊醒。
看向天空，天空比以往更加压抑。
那雨滴落在肩头，
方发觉天空也为小湖发声，
飘飘洒洒，天空为小湖哭了一场雨。

雨落在告示牌上，仿佛时刻警醒着。
人人都应该保护环境，
尤其是那些还没有意识到的人儿。

我是一只岭南的鸟

□ 赖品蓁（广州市越秀区登峰小学）

我是一只岭南的鸟，
拥有广阔视角。
翱翔于岭南上空，
俯瞰云山珠水美好。

我是一只岭南的鸟，
这里云山巍峨珠水悠悠。
绿树成林郁葱葱，
繁花似锦缤纷绽。

风儿轻轻吟唱，
云朵自由飘荡。
人与自然共舞，
生态之美展露。

我是一只岭南的鸟，
我在这壮丽山河感到安心，
我用歌声相互传颂。
愿永远自由翱翔，
我心永远在此方。

住在有海的地方

□ 谷佩泽（广州市荔湾区西关广雅实验学校）

鱼儿住在水里，蜗牛住在壳里，
壁虎住在墙角，花香住在风里，
松鼠住在树洞里，玉兔住在月亮上，
而我，住在有海的地方。

我出生在广州，四季花开，面朝大海。
外婆给我取了带水的名字。
海是生命之源，万物起点；
海是力量，生生不息。

广州的海，美丽又宁静。
海岛星罗棋布，物产丰饶，
是海上丝绸之路的起点。
走，我带你去认识广州的海。

来番禺，
我们去狮子洋对岸的海鸥岛，
骑单车，采波罗蜜，
品尝渔民养殖的美味海鲜。

来南沙，
我们去灵山岛，
看灯塔、钟楼、空中图书馆，
在棕榈树下，漫步滨海长廊。

在天后宫，
看珠江口的万家灯火，
看东南亚最大的妈祖庙，
与湿地公园的飞鸟一起快乐起舞。

来黄埔，
看海丝起点，
南海神庙，扶胥古港，
与韩愈、苏东坡、张九龄，
穿越时空对话诗文。

广州的海有历史，有人文；
广州的海有生命，有故事。
欢迎你，我的朋友，
来广州看海！

江城子·临后山

□ 张俊杰（深圳市光明区田寮小学）

通幽山雨断常青，雾初新，天色明。
一株柔柳，杯酒话娉婷。
飞燕莺啼破朝幕，日辉映，道愁情。

只此青山媚盈盈，留胜迹，复登临。
百载春秋，人景自含情。
仙境瑶台无处觅，眉眼绝泪，顿然清。

守护

□ 李景嵩（深圳市福田区侨香实验学校）

你，悄悄地哭泣。
因为，你病了。
你消失的速度超过森林的三倍。
我们不能没有你。

你是生态系统中强大的天然净化器，
你将是我们的生命之源。
千万物种需要你栖息与繁殖，
我们需要你抵御洪水，守护港湾。

他们，建立一棵棵心意树，
十年坚定守护，你慢慢康复了。

人与自然，生生不息。
让你我他一起共同守护，
地球之肾，湿地。

青色的诗

□ 滕子谦（深圳科学高中龙岗五和学校）

春天来了，
可我，却不知她在哪里？
我问大雁，大雁说：
春天，是城市上空飘起的烟，
是飞驰向前的路，
是黑夜璀璨的灯。
我又问燕子，燕子说：
春天，是远山上青葱的绿，
是小溪中清晰的明，
是天空透亮的蓝。
春天来了，
可我，却不知她在哪里？
我问海鸥，海鸥说：
春天，是钢铁筑成的巢，
是路边堆起的沙，
是海中泛起的白沫。
我又问黄鹂，黄鹂说：
春天，是牛棚上的金色花，
是水塘里菡萏的莲，
是牧童口中青色的诗。

一张纸的梦想

□ 冯莫深（深圳市龙岗区布吉文景小学）

我，一张纸儿轻又薄，
从树木与干草的拥抱中蜕变，满心自豪闪闪亮。
我有一个梦想，与五颜六色的画笔共同舞蹈，
它们旋转、跳跃，一幅幅绚丽多姿的画卷油然而生。
我有一个梦想，与精致优雅的钢笔携手并进，
点横竖撇捺，一篇篇辞藻优美的文章流淌而出……

一天，一个小朋友把我带回了家，
她抚摸着我，对我温柔地笑着。
我满怀期待，静候着那即将洒落的墨香，
在我空白的身躯上勾勒出生命的色彩与故事。
但岁月流转，我依旧保持着那份最初的洁白与纯净。
一点顽皮的小脏污，让我错失了舞台光。
我沦落于垃圾桶的幽暗角落，四周逼仄，灯光昏黄。
角落里，我轻声哭泣说："别忘了我，我还有梦要追。"

幸遇环保阿姨，她轻抚我，眼中满是温柔光，
"孩子，你仍有价值，别让梦想空流浪。"
她裁去我的忧伤边，我焕然一新待绽放，
小女孩的彩笔舞，绘出蓝天、绿地与彩虹。

阿姨是低碳精灵，教会我重生的力量，
墙上挂，我成了梦开始的地方，传递快乐与希望。
若你遇见我，或我的伙伴藏身何方，
请温柔以待，让我们共绘梦想，童趣满满，爱更长。

观鸟

□ 冯楚煜（深圳市龙岗区布吉文景小学）

在蔚蓝的天幕下，
泊着一艘岁月轻抚的白色旧帆船。
船头，一位白鹭仙子亭亭玉立；
船尾，缆绳上又添一抹白影悠然。
水中的鱼儿还以为是天空中的白云呢。

我轻轻举起望远镜，
窥见那洁白羽翼下，
舞者般修长的腿，
墨绿爪印的细腻。
不远处，枝头传来阵阵清脆的歌谣，
海岸边，白鹭家族三五成群。
时而翩翩起舞，掠过水面；
时而低飞捕食，嬉戏追逐；
时而东望西看，好奇探索；
时而静立浅滩，享受宁静。

夜幕降临，我沉醉于梦乡，
化身为林间的小精灵，与白鹭共舞飞翔。
我们跨越浩瀚的大海，翻越巍峨的山峦，

最终抵达了我心中的圣地——美丽的校园。
站在晨曦中飘扬的红旗下，
我依依不舍地向我的白鹭朋友挥手告别：
顺风！
平安！

白鹭的旅行

□ 刘满妮（深圳市龙岗区上海外国语大学附属龙岗学校）

一只白鹭拂过红树林的上空，
它看到的是风中红树的婀娜多姿，
还是湖面的波光粼粼？
一只白鹭掠过公园的上空，
它看到的是在风中摇曳的花海，
还是被树木环绕的绿道？
一只白鹭划过道路的上空，
它听到的是自行车车轮的吱呀声，
还是闻到清风中的芬芳馥郁？

啊！
也许它什么都没有看到，
什么都没有听到，
什么都没有闻到。
但它所过之处，
皆是秀丽。

一个瓶子的自述

□ 黄天翼（珠海市斗门区井岸镇第四小学）

我曾是一只普通的塑料瓶，
被人从货架上取走又扔在草丛。
我以为被遗弃是我的命运，
直到有一双稚嫩的手，把我带回家中。

那个11岁的孩子，对我说：
“你不再只是个废弃的塑料瓶。”
他把我清洗干净，涂上彩色的颜料，
我变成了他的笔筒，守护着书桌旁的梦。

“低碳环保，从我做起。”
这是他心中的信念，也是我的新使命。
我不再流浪街头，不再污染环境，
而是成为一个小小的环保见证。

他说：“每一个塑料瓶，都有第二次生命。”
于是，我看到了更多的兄弟姐妹，
被收集起来，变成花盆、玩具和艺术品，
在这个孩子的手中，我们焕发新生。

夜晚，他把我放在窗前，
月光洒在我的身上，我感到无比激动。
因为我不仅是一个用过的塑料瓶，
我也是他眼中，绿色梦想的一部分。

所以，如果你在某个角落遇见我，
请记得，我曾是一只被丢弃的塑料瓶。
虽然我无法说话，但我也想请你一起行动，
低碳生活，一同守护我们美丽的环境！

蓝蓝的

□ 杨柳依（龙川县第一小学）

天空，是蓝蓝的。
小鸟在蓝蓝的天空中，
自由自在地飞翔。
大海，是蓝蓝的。
鱼儿在蓝蓝的大海里，
欢快地游来游去。
还有……
蓝雪花、蓝玫瑰、蓝星花，
蓝蜻蛉、蓝色大闪蝶、蓝带鳗，
蓝色在每个人的眼睛里，
那是大自然的颜色，
那是我们的家的颜色。

风的礼赞

□ 郑皓今（丰顺县留隍第一中心小学）

我是翱翔于天空的风，
轻轻拂过，唤醒沉睡的花瓣，
在这绿水青山间，绘出生命的绚烂。
我穿梭于清澈的江水，
与鱼儿共舞，绘出和谐的诗篇。
小镇如画，是我心中的绿美广东。
我漫步在茂密的林间，
古树与新苗，编织着自然的梦，
自然的诗篇，在我心中轻轻吟唱。
我掠过金黄的田野，
稻浪随风起伏，是农民汗水的结晶，
是生态文明，在我们手中传承。
我是翱翔于天空的风，
来到这里，你会发现，
这片土地，如同母亲的手，
轻轻抹去地球曾经的泪痕，迎接新生。
在这新中国成立75周年之际，
我以风的名义，向绿美广东致敬，
让我们携手，守护这方水土，
共建和谐共生的家园，让爱永存。

天然的指南针

□ 李溪月（东莞市松山湖实验小学）

要是你在银山湿地公园迷了路，
可千万别乱闯。
大自然是位足智多谋的朋友，
观察它留下的小线索就可辨别方向。

青苔是岩石上的小精灵，
他们喜爱北边的阴凉。
找到岩石上绿色精灵盛会的地方，
那一面就是北方。

蚂蚁是细心的建筑师，
他们的家门朝着温暖的方向。
观察他们精心设计的地下城堡，
洞口的方向就是南方。

家燕是空中的旅行家，
他们喜欢长途旅行。
秋天他们飞向的是南方，
春天他们飞向的是北方。

红豆杉姐姐从来不说谎，
他在树上为你带路。
果实又红又多的一面是南方，
果实又青又少的一面是北方。

莞香树把对太阳的爱写在年轮上，
每一圈都是太阳走过的记号。
年轮更稀疏的是南方，
年轮更密集的是北方。

要是你在银山湿地公园迷了路，
可千万别乱闯。
大自然是独一无二的指引路标，
需要你细细观察，好好爱护。

低碳日志

□ 吕铭悦（东莞市南城中心小学）

低碳是什么？
我问姥爷，
姥爷说：
管住嘴，迈开腿，
健康生活不后悔！

低碳是什么？
我问姥姥，
姥姥说：
少用塑料，多用布袋，
减少白色污染多自在！

低碳是什么？
我问爸爸，
爸爸说：
少开车，多骑车，
减少尾气好处多！

低碳是什么？
我问妈妈，

妈妈说：
少开空调，多走路，
爱护环境有益处！

低碳是什么？
我问妹妹，
妹妹说：
你节水，我节水，
城市生活更和美！

剪春

□ 黄思允（东莞市南城中心小学）

一碰就掉的叶子，
脆弱得让我心疼。
我小心翼翼地抚摸着，
孤独的小花苞。

保护它，是我最后的倔强。
妈妈，你剪掉的，
不止它的枝叶，
还有它的春天。

妈妈握起我的手，
笑着回答：
宝贝，别担心，
春天会来找它的。

你好，滨海湾的白鹭

□ 金智灏（东莞市南城阳光第八小学）

浪花，轻轻拍打着沙滩，
珠江水奔流不息，
汇聚于此。

望远，
江水共长天一色，
白鹭在滨海湾的红树林上嬉耍，
白鹭在海平面上滑翔，
白鹭在岸边抖抖身子，
一身清清爽爽。

我朝白鹭招招手，
对它说：你好，滨海湾的白鹭。

白鹭朝我点点头，
对我说：你好，可爱的朋友。

露天矿博物馆

□ 许熙曼（茂名市东湾学校）

走进露天矿博物馆，
就像穿越到了1962年。
你看，
是矿工们辛苦工作的背影；
你闻，
是空气中带着甜甜的味道；
你听，
是矿工们敲打岩石的声音。
现在你看，
是孩子们开心玩耍的背影；
你闻，
是花儿和青草混着的清香；
你听，
是鸟儿们清脆婉转的歌声！

大自然的开关在哪儿

□ 范光煜（茂名市电白区博贺镇龙山中心小学）

我把脑袋往被窝里钻，
假装听不到闹钟的吵闹声。
可妈妈“呼啦”一声，
拉开了窗帘，
阳光晒在了我屁股上。
唉，大自然的开关在哪儿？
我要关了它！

写给苍蝇的话

□ 温俊海（茂名市电白区博贺镇龙山中心小学）

很多人都讨厌苍蝇，
但我其实有点儿喜欢你，
因为你红色的复眼，
独属一份；
因为你绿色的翅膀，
会在阳光下发光。
苍蝇，我想成为你的朋友，
教你讲卫生，
教你不要嗡嗡叫，
我还想把你拉进“森林合唱队”，
给夜莺和黄鹂唱和声……

把瓶子借给工蜂

□ 李志鸿（茂名市电白区博贺镇龙山中心小学）

勤劳的工蜂，
在花丛中飞来飞去，
他把花粉粘在腿两侧，
一点儿一点儿带回家。

小工蜂，
我想送个瓶子给你装花粉，
又怕瓶子太滑，
会砸伤你的脚。

登飞霞山

□ 罗悦之（清远市新北江小学）

雨润飞霞山，翠色锁江湾，碧波荡漾处，龙腾凤舞间。
峰峦叠翠拥，古木映晴川，云雾缭绕时，仙境入凡眼。
松声随风起，鸟鸣应和弦，泉流石上过，清音似琴弹。
竹影摇曳中，诗韵自天边，禅钟悠扬响，静心听自然。
历史沧桑在，文化瑰宝藏，摩崖石刻语，诉说千年长。
飞霞山下客，寻幽探胜忙，步步皆画卷，处处是文章。
清远山水韵，飞霞独领航，此山非彼山，自有其灵光。
登高望远意，胸怀天地广，清远飞霞山，心中永恒乡。

故乡的美

□ 张佳铭（广州市番禺区洛溪新城小学）

我的故乡，
她是羊城的“后花园”——广东清远；
我的故乡在一个小村庄里，
空气清新，
水很干净，
村子里有很多树和花，
河里有很多鱼，
小鸟在枝头歌唱。

下雨时，
远处的山峰，
茂密的森林，
绿油油的田野，
青翠的雨水，
那里犹如一幅山水画。

雨滴在荷叶上跳舞，
犹如“小珍珠”，
“小珍珠”们活蹦乱跳，
犹如小朋友的笑脸；

潺潺的流水，
鱼儿在小河中游泳比赛。

微风吹过，
柳树摇摇她的小辫子；
田野里的稻谷金灿灿，
农民伯伯对着她笑；
我爱我的故乡！

谁叫醒了小草

□ 朱品言（广州市越秀区秉正小学）

早上的公园里，
太阳都晒出花的香味了，
有一些小草还没睡醒。
它们盖着木棉树送的又白又软的小被子，
懒懒地不愿意起床。

很多小动物来叫醒它们。
小鸟扯它们亮晶晶、绿油油的头发，
小虫子挠它们湿答答、满是泥的脚丫。

很多小朋友也来叫醒它们。
他们有的做运动、有的玩耍、有的唱歌……
我也是其中一个，我围着草地来回地跑啊跑，可开心了。

妈妈说：最后小草一定是被我叫醒的，
因为我的笑声最大！

我家是个动物园

□ 王芃未来（广东实验中学荔湾学校第一小学部）

我家是个动物园，
我是大园长，也是饲养员。
小鸟，陪我唱歌，
小鱼，做我舞伴，
乌龟，手部按摩，
痒痒的，真是好玩！

不过，我这个园长有点儿惨，
早上，添水加饭，
中午，清理便便，
晚上，外出锻炼。
把我忙得团团转。

但我还是很开心，
因为，我们是好伙伴，
我们共享大自然，
…………

哦，对不起，我要去上班，
因为已经到了我们一起玩的时间。

绿野仙踪里的小探险家

□ 邓云潇（深圳市福田区园岭教育集团百花小学）

小书包，小步伐，深圳的我笑哈哈，
我是二年级的小探险家，绿野里找秘密。

小树苗，跟我招手，说："长大，我要给你遮风挡雨。"
我给它浇水，它给我阴凉，友谊就这样开始了。

小鸟儿，飞来飞去，唱着歌儿真快乐，
我学它们飞翔，张开双臂，想象在云端。

小溪流，潺潺唱歌，水花跳着舞，
我扔进小石头，听它"咚"的一声，笑出声来。

祖国妈妈，今天你生日，七十五岁了，
我用小手，画个蛋糕，上面有七十五颗星星。

小手印，小脚印，深圳的绿意浓，
我用小画笔，画下蓝天，画下白云，还有彩虹。

小梦想，小心愿，装满了我的小脑袋，
长大后，我要成为，环保的小卫士，保护我们的家。

我们不开车，走路上学去，
低碳生活，从我做起。

小手捡垃圾，小脚不乱踩，
志愿服务，我也来帮忙。

小探险家，我不怕远，不怕难，
在绿野仙踪里，我和我的梦想，一起成长。

祖国妈妈，听我童声，唱给你听，
绿美广东，我的家，我好爱好爱你！

红树林的耳语

□ 谢逸欣（深圳市红岭中学园岭初中部）

我是黑脸琵鹭，
那青郁的红树林是我的栖息地。
在海河交汇处，
筑起天然护堤。
泥土酝酿芬芳，
灌溉稚嫩花草。
浓绿调的小径，
初光糅进丛里。
我飞来又别离，
红树林中的耳语，
穿越了多少世纪。

然而你养育多年的儿女却向你发起屠戮，
混沌，蛮荒，风沙四起。
海水退去清澈，
群鸟纷飞逃离。
我神圣的故土，
承受着前所未有的荼毒。
我将高歌的诉求融入风中，吹向各地，
不知这样能否减轻你的痛楚。

可当我再次归来，
春风拂至面庞，
花草不再叹息。
红树林中的耳语告诉我：
是人类对你加强了护理，
海风轻抚往日的记忆，
心海荡漾，波澜四起，
崭新绿意为我归来伏笔，
我定守在红树林里，
将春天实体。

鲸之语

□ 张健铭（深圳市龙岗区上海外国语大学附属龙岗学校）

我是谁？
哦，是那深海的鲸。
常有人提起，
一鲸落，万物生。
命运早已安排好既定的归途。

少时，
我苦学深海掠食的本领，
母亲伴我遨游汪洋。
进发海的最深处，
璀璨的深海的王国，
演绎着陨落，见证着新生。

在那片美丽的地方，
摇曳着成群的珊瑚，
黑黝黝的海沟，
究竟隐藏着多少未知的谜底，
奇幻的浮游生物，
增添神奇的一笔。

风带着自由的味道，
伴着落日去向远方。
记忆中满是不散的诗章，
礁石群是鱼儿的舞场，
最不缺优雅的身姿。

但灾难从来都不曾远离，
美好总是易逝难寻，
如今只留垃圾的温床。
港湾的温暖，
被潮湿黏腻替代。

儿时的玩伴，
妄想冲破肮脏的束缚。
怎料拯救的呜咽，
却被当作独特的歌谣。
足迹渐渐扩张，
找不回过去的暖阳。

风霜片片成刀，
尾鳍被斑斓的海草割伤，
只有道道刺眼的鲜红，
没有话语权怎敢伸张。
后来我才知晓，
那是塑料，人类这般唤它。

近日的海洋，席卷着风暴，
海底居民的恐慌汇聚蔓延。
成吨的倾倒，
覆盖了原本的面庞。
海面折射出灰暗的光芒，
尽是死寂的模样，
那是人类的“功劳”。

苍茫的人间，
溢满了轻视、猖狂，
恶意肆意流淌。
豆大的血雨，
顺着眼睑滑落，
干涸的泪痕遍布脸庞。
起伏的钟声敲响，
谁会成为新的替罪羊。

我不愿再起争端，
所以我高声歌唱，
颤抖地唱出那句：
人类啊！爱我吧。

让弥补代替伤痛，
我高声呐喊拯救，
想再一次躲进母亲的怀抱，
那温暖干净的怀抱。

斑斓的梦

□ 陈乔希（深圳市龙岗区布吉街道莲花小学）

我的校园很小很小，
小到仅有一棵大树。
秋风乍起，我漫步树下，
拾起一片落叶，
宛如秋婆婆头上滑落的发卡。
我心想，定要归还于她。
张开我纤细的双手，
努力去拥抱她，
却始终抱不下。
于是，我悄悄做了个决定：
待明年，春雨落下的刹那，
种下许多许多小树，
有银杏、红枫、黄杨，
还有青松、紫荆、白桦……
就像种下一棵棵五彩斑斓的梦。
同学们，一起来吧！
用我们稚嫩的小手，
让树成林，让梦发芽。
一棵、两棵、三棵……
等度过了冬眠期，

它们就会与我们一同长大。
到那时，
绿树成荫，满树繁花，
我们的校园会变得很大很大，
大到拥有一片森林。
到那时，
咱们手牵着手，
便可拥抱一整个盛夏。

绿美广东

□ 郭策［深圳市龙岗区外国语学校（集团）星河学校］

雨后彩虹天边跨，耀眼星星夜空挂。
窗前鸟鸣当闹铃，路边蝴蝶伴我行。
花草树木处处栽，美丽公园遍地开。
垃圾分类真不赖，废物利用再生财。
绿色出行促减排，旧日雾霾不再来。
青山绿水处处在，绿美家园人人爱。

岭南新章

□ 孙紫轩（深圳科学高中龙岗五和学校）

七十五载广东梦，峥嵘岁月路未终。
绿水青山披彩霞，锦绣风光展新容。
珠江水碧晴空照，万顷碧波荡心胸。
两岸风光旖旎美，绿树成荫鸟语融。
丹霞山峦叠重翠，山间古木郁葱葱。
飞瀑流泉声如歌，云烟空蒙雨亦浓。
岭南古韵传无穷，千载风华映长空。
山川秀美藏诗意，人文荟萃耀苍穹。
人与自然同欢畅，和谐共生谱新章。
愿得广东更美好，江山锦绣更辉煌。

少了几个人

□ 黎咏宸（深圳市龙岗区上海外国语大学附属龙岗学校）

在我们的眼里，
有种满绿树的街道，
有像小树林般温馨美好的公园，
有铺满了绿色草坪的小区。
不，这并不完整，少了几个人。
在种满绿树的街道上，有那么几个人，
用扫把打扫着落叶，让街道露出原本的颜色。
在小树林般温馨美好的公园，有那么几个人，
用钳子夹着垃圾，让大树有了呼吸的空间。
在铺满了绿色草坪的小区，有那么几个人，
告诉那些淘气的孩子，别在这绿色的生命上跑跳。
你要问我为什么没看见他们，
是因为他们不引人注目，
我们只记得他们的成果，
却忘记了这些成果背后的人。

草的诉说

□ 李梓萱（深圳市龙岗区布吉文景小学）

我是一株小小的草，
当我来到这个世界上时，我就努力成长。
尽情地享受春的温暖，秋的阳光。
突然有一天，
一个小孩子随手扔了一个塑料袋，
刚好罩住了我身边一株草，
这株草无法进行光合作用，
最终死掉。
这种事一次又一次，
很多草一株接一株死掉。
人类啊！
请你们不要再扔垃圾了！
我的同伴在呻吟，在呼唤——
不要再扔垃圾了！

飞鸟

□ 陈昕（深圳市高级中学龙岗学校）

人类在纸上写下环保，
却又带走了飞鸟。
花儿垂泪，自然哭泣。
鸟儿上了天空，却又失了方向，
鱼儿下了河水，却又忘了奔游。
飞鸟远去，却无归途，
自然曾美，却不依旧。
未来，
蔚蓝的天和澄清的水，
或许，
就是梦。

动起手，别光嘴，
飞鸟来了，它飞来了，
带来了曾经的诗篇，
只为看看曾经的世界。
现在行动，回到过去。
让现在变为曾经，
让过去变为美好，
让飞鸟不再无归，让诗篇不再为诗。

泡泡

□ 陈坤宇（汕头市华侨试验区金湾学校）

远方飘来一个泡泡，
五彩斑斓真漂亮。
我一摸，
嗯，真舒服。
我坐上泡泡飘向远方。

泡泡带我穿越城市，
飞过巍峨的高山，
荡过明亮的小河，
飞上更广阔的天空。
泡泡带我寻找月亮，
穿过璀璨的星河，
越过闪耀的河星。
我戳破泡泡，
趴在月亮上睡着了。

梦里的我，
骑着五彩斑斓的泡泡，
飘啊飘，飘啊飘，
带着我回到了温暖的家。

蒲公英带我去旅行

□ 李梓桐（佛山市禅城区文华小学）

一朵蒲公英飘过来，
挥舞着雪白雪白的小手，
它热情地招呼，
邀我一起去旅行。

我拽着蒲公英的小伞，
飞上蓊郁浓密的崇山峻岭，
荡过清澈翠碧的梅江河，
越过大东金黄色的梯田，
翻过一望无际的雁南飞茶园。

我听见鸟儿们在欢快地歌唱，
动物们在快乐地奔跑，
昆虫们窃窃私语着，
那萤火虫悄悄地打起灯笼，
点亮埔寨的火龙，
我们的家园多么美呀！

蒲公英飞呀飞呀，
带我进入了浩瀚的星河，

爬上了皎洁的月儿，
嫦娥姐姐温声细语：
小娃娃快长大，
保护家乡爱自然。

蒲公英的小伞飞呀飞呀，
带着我越过了巍峨的青山，
带着我漂过了清澈的河流，
带着我回到了家乡的怀抱。

漫步万里碧道——兴宁段

□ 刘夏筠（兴宁市第十小学）

漫步在亲水公园的绿荫道上，
清晨的第一缕阳光，
零零散散地洒落下来，
斑斑驳驳地落在宁江河上。
微风轻拂，
她们也跳动到我的腿上，肩上，头上。
妈妈说：
这是广东万里碧道的一小部分，
万里啊，
那是我和长大的距离吗？
妈妈说：
万里啊，
一定是环保卫士们，
一步一步丈量的距离。

环保路上的芬芳

□ 丁嘉欣（惠州市惠阳区三和中学附属小学）

春风拂面绿意浓，草木葱茏吐芬芳。
环保之路责任在，绿色家园众望归。
群山高耸入云霄，江河湖海浪滔滔。
热爱自然护美好，绿水青山守家园。
植树种绿勤分类，环保理念记心间。
变废为宝活利用，物尽其用谨节约。
草长莺飞在人间，绿色生活好家园。
热心环保责任大，携手共创新未来。

深处的绿意

□ 陈熙（惠州市惠阳区土湖小学）

碧绿叶儿摇啊摇，夏日芬芳清风送。
蔚蓝天空云儿飘，旺盛大地花木娇。
绿水清清透见底，青山叠翠藏画中。
碧绿山原天然美，环保护航在我心。
废弃物品藏希望，废物利用我在行。
节能环保常宣传，环保责任记心间。
少用塑料多植树，地球环境美十分。
环保意识在心中，自然之美永颂传。

悦享自然

□ 黄骏鑫（惠州仲恺中学附属初级中学）

穿过森林，我与树木倾诉，
感悟生命的律动。
呼吸着清新的空气，往昔传说。
回归本真，悦享自然。

沐浴着清凉的山泉，
与流水共述往昔传说。
我与泉水共同流淌，
书写着和谐的依伴。

让我们行走于广袤的原野，
放空心灵，与自然对话。
共同守护这片蓝色的家园，
让生命在共生中绽放光芒。

人与自然相融，
和谐共生是永恒的旋律。
让我们散播爱的种子，
让希望在人与自然的共生中成长。

自然

□ 刘睿雅（惠州仲恺中学附属初级中学）

百花齐放鸟归来，冰雪融化泉水暖。
烈日炎炎树木繁茂，江水滚滚河水清凉。
花落叶黄秋风习，河水缓流水质冰。
枝叶枯秃地平雪覆，泉水质冰亮丽通透。

碎纸飘飞，零落满园。
春夏秋冬，地秃树枯。
瓶罐逐入铺满海，水而渐变鱼类狂。
温室效应冰川融化，动物无家平地淹没。
蓝天昏暗乌云连绵，雨点齐下洪水袭来。

晚风

□ 谢欣彤（东莞市清溪华晨外国语学校）

晚风沉溺于橘色的晚霞，
藏进云，
躺在山的另一头，
听着人世间的故事。

钓太阳

□ 梁文棵（东莞市万江中心小学）

我想钓一个太阳，
叫上小飞鱼和我一同前往。
小飞鱼载着我从海面上飞了上去，
一甩，
钩住了太阳，
奋力往后拉，
一个不小心，
砰！
掉进了海里。
咦，怎么海里有个太阳？
嘿嘿，我把太阳钓了下来！

我的梦

□ 张伯峻（东莞松山湖中心小学）

在梦里，
我是一只欢快游泳的鱼儿，
白色的塑料圈套住了我。
我，无法游动。

在梦里，
我是一只住在树洞里的小熊。
但他们，
将我的家砍倒。
我，无家可住。

在梦里，
我是一只快乐的小鸟，
脏脏的空气盖住了我的口鼻。
我，无法呼吸。

在梦里，
我大声呼喊，
要求他们还给我，
清澈的河水、茂盛的森林，
还有那片蔚蓝的天空。

绿韵悠扬　湾区颂歌

□ 李雨瞳（东莞市南城第一初级中学）

在这片蔚蓝与翠绿交织的天地，
我轻吟着对广东这片热土的热爱与冀望。
环境保护，是心中的绿色信仰，
生态文明，是梦想照进现实的光芒。
广东的山，巍峨而温柔，
绿意盎然，是自然的诗篇。
广东的水，清澈且灵动，
潺潺流淌，诉说着和谐的音符。
我漫步在葱郁的林间，
呼吸着清新的空气，
感受着生命的脉动。
金黄的稻谷，碧绿的蔬菜，都是自然的馈赠。
人与自然，在这里和谐共生，
如一幅画卷，令人心动。
我热爱这片土地，热爱这里的每一寸风景，
它们是我生命的源泉，
也为我撑起了一片梦想的天空。
在环境保护的道路上，我们携手前行，
传播生态文明，让绿色的种子在心中生根发芽。
尊重自然，顺应自然，保护自然，

是我们的责任，也是我们的誓言。
用实际行动，守护这片绿水青山。
让广东的美丽，永远流传在世间，
让生态文明的理念，深入人心，代代相传。
绿韵悠扬，湾区颂歌，
我用诗歌赞美你，我的绿水青山。
愿你的美丽，永远璀璨夺目，
愿人与自然和谐共生的美景，永远定格在人间。

清远的清

□ 陆昊心（东莞外国语学校）

清远的清在山青。
苍翠的飞霞山，
神秘的藏霞洞，
挺拔的南洋杉，
重重树影伴清幽，
满山花草与白云相爱。

清远的清在水清。
逶迤的北江水，
嬉戏的小边鱼，
拨着清波的白鹭，
渚清沙白鸟飞回，
是小动物诗意的栖居地。

清远的清在人亲。
船长的一个微笑，
渔夫的一声问候，
导游姐姐撑开的一把花雨伞，
拂过游船的清风，
向我们诉说一江童话。

清远的清，
清在山青，在水清，在人亲。
清远的清，
在我的诗里。

啊！自然

□ 谢雨杉（中山市沙溪镇虎逊小学）

自然，
我们的家，
我们的景区，
我们的金山银山。

自然，
是多么地奇妙，
早晨起来，
听啊，黄鹂在歌唱！
风轻轻刮过树叶，
窗外的小草在摇曳，
早晨的自然景多么美妙！

自然，
是多么地惬意，
正午过后，
看啊，荷花开了！
蜻蜓轻轻立在尖头，
风儿吹得湖面泛起层层波纹，
正午过后的自然景多么地壮观！

自然，
是多么地宁静，
傍晚漫步，
看啊，萤火虫在飞！
月亮高挂于天空，
星星闪耀于人间，
傍晚的自然景多么地奇妙！

自然，
人类深深爱着您！

红树林

□ 李佩怡（湛江市第二中学小学部）

在海与岸的交界，
红树林静静伫立。
如绿色的卫士，忠诚无比，
守护着大地与海洋的秘密。

根须深深扎入泥地，
抵御着海浪的冲击。
那一片片绿叶，摇曳生姿，
诉说着生命的坚韧与不屈。

潮起潮落，岁月更替，
红树林始终如一。
见证着沧海桑田的传奇，
在时光中绽放独特的美丽。

它是大自然的馈赠，
是生态平衡的画笔。
让我们珍惜这片神奇的土地，
守护红树林，永不离去。

红林之守

□ 杨明锐（湛江市第二中学霞山校区）

在湛江的海岸边，红林如织，
它静静矗立，如古老的诗篇，
它是海与陆的低语，是生命的桥梁，
它守护这片土地，免受风暴的侵扰。

晨曦微露，露珠在它的叶尖轻舞，
夕阳西下，金色洒满它的归途，
它是自然之子，拥抱潮起潮落，
它用坚韧，诠释生命的顽强与不屈。

但人类的足迹，悄然侵入了它的领地，
污染与破坏，让它的绿意渐渐褪去，
红树林啊，你无声的叹息，
是否已化作风中的悲泣？

然而，希望并未完全消逝在雾里，
人们开始觉醒，心灵深处响起警钟，
我们深知，守护红树林，
是保护地球，也是守护我们自己。

愿我们的双手，成为它们坚强的后盾，
清理污染，恢复生态，守护绿色家园，
让红树林的故事，代代相传，
让绿色永远覆盖这片美丽的海洋之岸。

在它的怀抱中，万物和谐共生，
在它的见证下，人类学会尊重与敬畏，
红林之守，是爱与责任的传承，
是人与自然，共绘的和谐画卷。

高州仙人洞

□ 李俊航（茂名市东湾学校）

在我的家乡，
一个美丽的乡镇，
有一个令人流连忘返的地方，
它的名字叫做仙人洞，
仙人洞是个奇妙的地方。

在那里，
鸟的鸣叫声，婉转悠扬；
溪流的流水声，淙淙动听；
瀑布的哗哗声，如狮怒吼。

在那里，
竹笋，飞快地生长；
瀑布，闪着七色的彩虹；
动物，从丛林中一闪而过。

在那里，
果子的香甜习习；
花草的清香阵阵；
清新的空气沁人心脾。

仙人洞别称“空捆村”。
在那里，
生态建设浸润在丝丝清凉中。

啊，
这就是我的家乡！
多么美丽的家乡！
我爱我的家乡！

绿美佛冈，绿色之梦

□ 廖韵淇（佛冈县第二小学）

在佛冈的晨曦里，
绿意轻轻铺开画卷，
山峦轻吻着云朵，
河流细语着清新。
我们手牵手，踏上绿途，
低碳生活，是心中的歌，
走在大街绿荫道上，
笑声洒满每一片叶。
环保的种子，在心田种下，
志愿者的身影，在北山公园穿梭，
捡拾起遗落的垃圾，
种下希望的小树苗一棵棵。
佛冈的风，吹过耳畔，
它诉说着绿色的梦，
我们用心聆听，用行动回应，
共建这绿美家园，不离不弃。
夜幕降临，星光点点，
佛冈的夜，也如此宁静美好，
我们仰望星空，许下心愿，
愿绿色永远守护这片土地，不老。

低碳生活，绿美佛冈

□ 袁伟森（佛冈县第四小学）

我爱我的家乡，爱这片美丽的土地；
我爱我的家乡，爱这里风光无限的景色；
我爱我的家乡，爱这个我成长的地方——佛冈。

远处高高耸立的观音山，
绿树成荫，鲜花盛开。
当你静静地站在观音山上，
聆听着远处传来的阵阵鸟鸣声，
呼吸着山上的负离子，
享受着风姑娘温柔的抚摸，
你会感到温馨、甜蜜，忘记所有的烦恼，
这就是我爱的山，高耸、广远、秀丽。

近处，一条贯穿小县城的母亲河——潖江，
景色优美，风景如画，
平静的河面清澈透明，
微风轻拂水面，江水波光粼粼，
细浪漫步而来，轻拍岸边的石头，
悦耳的撞击声，余音袅袅，
这就是我爱的水，清澈、动人、美丽。

家乡山间的小溪，清澈见底，
静静地流淌着：叮叮咚咚……
如清脆悦耳的铜铃声，美妙动听。
田野四周，生机勃勃，
每个角落都充满着希望。

让我们一起努力，
爱护环境、珍惜资源，
共同守护这片美丽的家园，
共同谱写绿色低碳生活的新篇章，
我爱我的家乡，更爱我们繁荣富强的祖国。

第十一届广东省青少年环保创意大赛

生态文学优秀作品集

诗歌（青年组）

深圳的温度

□ 禹航（深圳市龙岗区平冈中学）

深圳河畔，
榆柳荫下。
有一只苍鹭，
静静地立足于清波荡漾的水中。
修长的脖颈，
倒映在水中，
一个优美的弧线。
在清晨氤氲的晨曦中，
守候独属于她的宁静，
和重获的满足。
她的目光，
透过城市的喧嚣，
和路旁的椰林，
投射给我一抹和谐的温度。

深圳河畔，
柳荫下，
有几只在午后翩翩起舞的苍鹭。
洁白的羽翼，
无声地划过河边柳树，

和平静的湖面。
带起的点点涟漪，
谱出几行温馨的音符。

深圳的河畔，
一群苍鹭伴随晚霞而来。
邂逅了林荫路榕树的清凉，
邂逅了海岸边树林的温柔。
邂逅了深圳河中流淌的河水，
和河水中荡漾着的深圳的温度。

这里，动物迁徙，人类健康（外二首）

□ 马政凯（北京师范大学珠海校区）

这是一个正值春天的地方，
到处写满了时间的名字。
青山衬湖水，忘记了棱角。
红鸭逐云，云逐纸鸢。
这里，动物迁徙，人类健康。

轻携式自然

我的眼睛是倒转的镜泊，
阔满绿意。
今年的发顺铁树而下，
滑到湖底。
待海风乍起之时，沙滩与月，
后背与棕榈树发生冲突。
远古的声音缕缕，横过水面，
那些择过的贝，偶得我的耳朵。
所以借这清辉，
回到我指尖上的世界，
点开一抹鲜活，轻轻。

画像

赶不上，风比车马行得快。
重情的时令走走停停，
随时驻足，准备倾心。
一片红树林依海打坐，
在道家自然的思想中，苦修。
清晨，我们沿小坡而上，碧落微黄。
水从西边展来，
漫过足迹，如一品墨洇开。
日出时，天光大亮，
画像里的人缓缓走出。

一粒沙子的表白

□ 温晓珩（华南师范大学附属中学汕尾学校）

你好啊，美丽的金町湾！
我又重回你温暖的摇篮，
从乌漆深海到金黄沙滩，
无畏风雨阻拦，
只为沐浴于你的光芒！

一场酣畅淋漓的大雨，
带来沧海桑田般的变化，
洗刷你不堪的过往，
喷射耀眼的荣光，
却，挥不尽我心中的阴霾。

垃圾腐蚀着你的心房
蒙蔽我的双眼，磨灭我的光泽，
无辜的金町湾啊，
一夜间黯然失色，
我愤然离去，沉睡汪洋。

我怎不知，你的屈辱？
冰冷海水，怎及你的柔软？

辗转流离，只愿重见天光！
苏醒，我又见你洁净的脸庞，
神采奕奕，金光四射。

你是高贵纯洁的仙子，
纤尘不染，
你是历经沧桑的老妇，
仍活力四射，
喜迎万千文明游客。

清新可爱的金町湾啊！
你如彩虹一般美好，
你欢乐的乐音婉转延绵，
我愿一生一世守卫你，
让你笑声依旧——

海边即景

□ 李语珩（东莞市万江中学）

风里灌满海的气息，
翻出浪花，
砸碎在黄青色的礁石上。
天海不再同一色，
远处的航船等待归港。

人们像傍晚的螃蟹，
零零散散地觅食。
巨石背后的背风坡，
总有阴暗的寄居蟹，
悄悄画着美好的一切。

粤林守望者

□ 卓梓萍（广东云浮中医药职业学院）

云雾轻舞，环绕着粤林青青；
余晖洒落，为小径镀上金边。
你俯身，与大地耳语，
倾听着植被的心跳，守护着，
如同守护世间最珍贵的宝藏。
从清晨走来，你步履沉重，
却用稳健的节奏，
绘出青山秀美的轮廓。

护林十三载，
衣襟斑驳，风雨中你如磐坚守；
镰刃光褪，烈日中你挥汗前行。
山的安宁是你的力量，
星的光辉是你的指引。
鞋底磨破，你躬身往返步履不停；
技术创新，你勇攀山巅自由翱翔。

天骄啊，
你以大好青春许诺山林。
山林，亦以深情款款回应。

你的名字——它刻进了树的年轮；
你的声音——它存进了风的记忆。
高枝熟果，偏偏落你肩头；
泉水叮咚，只有你能听懂。

岁月悠悠，山河无恙；
南粤大地，因你常青。
你的身影，伫立于大山之巅。
后来者们，将循着你的足迹。
接力前行，让绿意，
世代绵延！

圆满的绿

□ 林锦萍（北京师范大学珠海校区）

清晨，在睡意里听见鸟鸣，
玫瑰红的手指垂在天际。
沐着轻盈的晨光，
我走向新的一天。

晌午，从教学楼向外眺望，
阳光下蓝色沉入湖底，
澄澈得像是天空的心。
明晃晃的太阳灼伤了云，
它们无影无踪。

整个校园，阳光覆盖，
像一块烘焙得
恰到好处的吐司面包。
这让我想起那个
喝酸奶舔瓶盖的夏天。

而此生已行至此处。
这里山峦起伏，
这里绿意如新，

这里有生命拔节生长的声音。

一株小草也有自己对于生命的见地。
她毫不犹豫地
将仅有的
一个针尖那么多的爱，
献给这片
蔚蓝的天空。

银山四季

□ 陈曼东（东莞城市学院）

我想登一艘春分的船，
去戏清澈的波涛，看白鹭逐日。
沿岸寻遍野花，
嗅一缕韭兰香。

我想撑一竿夏至的篙，
探湖底的石，嶙峋如岸边的礁。
听船夫高高的哨音，
惊起深山群鸟，划破云霄。

我想捡一片秋分的叶，
画春生动的眉，夏调皮的眼，
还有秋的丰满和壮硕，
银山是调色板。

我想珍藏一枝冬至的虬杈，
打磨一支洞箫，
与遒劲的风在这天地间合唱，
迎接新春的绿芽。

银山，你是自然的天堂，
静默在莞邑的一方。
任千鸟嬉闹，草木恣意；
容水绿山青，四季烂漫。

银山，你是生命的道场，
蓬勃在莞邑的一方。
生命深深扎根，万物自然生长；
宽阔的胸膛，荡起爱的双桨。

地上的星星

□ 周语之（东莞市桥头中学）

树的手间刺出了绿，耀眼。
那轮红日哆嗦地站起来一点儿，
鸟瞰四周，见草木丰茂，
于是高兴、大胆地越过了山头。
天更亮了，草木也在闪动着，
跳跃着，像地上的星星。

绿动，律动！

□ 周晓静（中山市华辰实验中学）

我们给予风一双眼睛，
润泽了暗流涌动的绿意。
我们同红树林共呼吸，
拆解春天、催生花朵。
我们每一次同大海的频率共振，
都将泛起一次潮汐。

那一年，我们亲手种下的春。
——抱紧的根，深埋的阳光，
律动着灵魂的氧气。

于岭南的土地上，
播种生命的胚芽，
孕育自然之形，
在往后推的无数个光阴里，
笑得灿烂。

守望花开花落，
于是万物重生。

共生之美

□ 朱丽萍（湛江幼儿师范专科学校）

在山川的怀抱中，
万物携手共生之美，
河流奏响欢快的乐，
森林舞动着绿色披风。
灵禽在枝头歌唱，
与树叶的沙沙声和鸣，
花朵在阳光下绽放，
盛开的美是自然的点缀。
我们踏在大地之上，
感受着它的心跳和脉动，
不再掠夺它的瑰丽，
而是与之友好相拥。
让烟囱不再吐着黑烟，
让猎枪不再划破安宁，
让我们的手紧牵自然，
在和谐中书写共生的篇章。
在那片湛蓝的天空下，
人与万物沐浴着风，
一起呼吸，一起生长，
在和睦里共筑永恒的梦。

手捧一碗绿

□ 刘雨欣（广州市第五中学）

轻轻地，花青青地，
怎么终究要被踩踏。
花儿不会流泪，
可那被摧残的身躯分明在诉说着生命的脆弱与无奈。

大海是温柔的，无私的，
但不是核废水的避难所。
大海终究会咆哮，
会以惊涛骇浪来捍卫自己的尊严。

明知地球是赖以生存的家园，
为何要等到地球发怒，
在灾难接踵而至时，
才懂得节制，感到害怕。

地球倾其所有，
赋予人类无尽的恩赐。
然而人类却如孩童，肆意挥霍，
一次又一次将伤害的利刃刺向它那宽厚的胸膛。

在无人问津的角落，
我手捧一碗绿。
那是生命的色彩，
跳动在掌心的温度。

手小心翼翼捧这碗绿，
生怕这最后一碗绿将毁于一旦。
直到末日的阴霾笼罩，
这一碗绿才如稀世珍宝般珍贵无比。

梦醒时分，我深知这是命运的转机，
这一次，我毅然挺直脊梁。
高声呼吁，让我们共同守护这碗绿，守护我们的地球家园，
让花儿永远绽放，让大海重归澄澈，让地球永葆生机与活力。

河底之石

□ 杨家欢（深圳市龙岗区德琳学校）

我，是一个小小的石头，
静静地躺在清澈的河底。

我深爱着这里。
春，细细的银线荡漾在天空上；
夏，暖暖的阳光包裹着我；
秋，绯红的叶子染红了我的天空；
冬，冰蓝色凝满了头顶。
我深爱着这里。

可，而今天空不再清澈，
灰黑色遮蔽了我的视线。
还我蔚蓝！还我蔚蓝！
春，不见银丝；
夏，不再温暖；
秋，不见绯红；
冬，不再冰蓝；
还我蔚蓝！还我蔚蓝！

我在灰黑色中迷失，

眼前一片漆黑。
我沉沉地睡去，
不知过了多久……

当，明亮的阳光再次照在我的身上，
眼前不再是一片漆黑。
春，天空荡漾着翠绿；
夏，孩子们的笑声萦绕着；
秋，五彩斑斓交织在一起；
冬，一堆堆雪人陪伴着我。
我的世界再次明朗。

我是一个小小的石头，
宁静地躺在河底，
我深爱着这里。

青鸟

□ 张雯睿（惠州仲恺高新区第二中学）

带来春的呢喃，
碧绿的羽毛轻触水域，
换来秋的颂歌。
青鸟，你曾看见过，
春来冬去间的青色的羽翼拂过天际，
万物萌发。
青鸟，你曾见证过，
日升月落后的百废俱兴。
青鸟，传递书信的青鸟，
你飞荡在神州大地上，传送着信件。
而这片土地是你的故乡，
而这片土地曾荒芜落寞，
而这片土地曾有无数烟雾缭绕，
但是我亲爱的青鸟——
你看看吧！
来看看这片故土！
这草长莺飞、树木丛生的故土；
这山清水秀、天色晴朗的故土；
青鸟我亲爱的看看这片故土上的人吧——
那一个个青年站在江流旁，

将那染成鸦青色的流水变回她原本的清碧。
那一个个青年站在高山旁，
将那荒芜的山间变回她原本的枝繁叶茂。
青鸟啊，请你站在街旁洒下的那一片树荫里，
看着孩子欢笑，听着鹂鸟歌唱，
享受着这片与人和谐共生的自然。
青鸟啊，我亲爱的信使，
再来看看这片故土吧！这片崭新的故土！
然后抛下那些过去的悲歌，传达出新的自然的乐章，
来歌颂这片山明水秀的土地！

种下春天

□ 林心琦（华南师范大学附属中学汕尾学校）

春色满园关不住

——叶绍翁

喜鹊载着春风盘旋，
百花摇曳，枝丫葳蕤万千，
她们私下约定，低声交谈，
要在天地四隅种下春天。

在钢筋水泥中种下春天，
清新吞吐在呼吸间，
二次用水灌溉碗莲，
交通脉络穿梭，
向低碳迈进的诺言。

在森林深处种下春天，
让青山作白云的裙摆绵延，
让蓝天在绿水中荡漾，
让嫩芽在年轮上星星点点。

在大海上种下春天，

雪浪奔向彼岸，
弯弓张开利箭，
不复塑料哀歌千万遍，
鱼翔浅底，春风缱绻。

在星空里种下春天，
皎月不被雾霭遮掩，
繁星闪烁，流照清辉，
私语着久别相见。

在孩子们心中种下春天，
嬉笑着，绿意常驻心间，
偷偷地破土而出，
黎明翻涌造访前。

红杏枝头春意闹——
“你听，发芽啦！”

墙角下的蜗牛

□ 黄沙露（东莞城市学院）

一个暴雨的午后，
我瞧见它，
在墙角奋力向上爬，
又跌下，
被雨水打湿的壳格外沉重。
它偏不认输，
向上，又跌下。

夜幕下我看到，
这只墙角的蜗牛，
还在一步一步，
向上，向上，向上！
它终于爬上窗台，
躲过暴雨的侵袭。
我的目光，
也随着蜗牛一起停在了墙头。

骑单车

□ 李鑫妮（东莞松山湖未来学校）

碧海蓝天，
清风拂面；
苍山如黛，
群鸟飞迭。

车铃清脆，
你我言笑晏晏；
空气清芬，
你我共度此间。

擦肩而过，
有老有少，
着黄衣，戴红帽，扛绿旗，
他们名曰：
——环境保护志愿者。

芸薹

□ 杨宛羚（东莞市经济贸易学校）

春意正浓时，赠你一支芸薹；
风过林梢时，赠你一片滔滔金海。

纽扣般大小的芸薹，
它不似牡丹娇艳容颜，
它不及玫瑰妩媚动人，
它只有薄微的叶片，
它借东风复苏吐出绿芽，
把淡淡的芳香融入明媚春天，
在阳光中开出春花之绚烂。

幽静的花海给予我庇护，
柔风在耳边低诉，
淡香却扑面而来，
手中的长线纸鸢在浪漫花海中肆意摇曳，
翩翩飞舞的蝴蝶与花自由相逐，
阳光之下，波光粼粼，
微风拂过，一片涟漪，
花应是这般肆意自由。

我沉沦在花海之中，
渴望像芸薹一样，
不列入花系，但有花容，
无须肥料，靠着厨余垃圾，
也能凌霜傲雪，迎春盛放，
粉碎了生命，奉上醇香，
风雨之后，更加饱满。

回答

□ 张子怡（东莞市第七高级中学）

蔚蓝，光滑的是天；

翠绿，毛绒的是山。

我站于山头，

人的喊叫：

“更蓝的天，更绿的山。”

山的回音：

“更蓝的天，更绿的山。”

海岸的红树林

□ 黄怡心（湛江幼儿师范专科学校）

历史的港口泥土与海水融为一体，
海岸上的微风轻轻吹拂，
时而有成群的白鹭停歇，
也是虾贝鱼类的栖息地。

红树林努力向下生长，
在淤泥里扎根，
筑起一片翠绿的堤岸，
成群的候鸟迁往此地过冬，
这里的冬天格外暖和。

可好景不长，
人类不加节制地开采，
红树林渐渐变得稀疏，
仿佛失去了生命力，
一天又一天。

直到另一群人的到来，
在海岸边拉起警戒线，
移来新的红树林，

构建自然与渔村人文和谐共生的景象。

红树林渐渐地恢复新的生命力，
树冠愈来愈茂密，
翠绿的枝叶与碧蓝的天空勾勒出生命的色彩。

落羽杉

——年初游肇庆七星岩有感

□ 李楚悦［广州应用科技学院（肇庆校区）］

当南粤大地被染上秋冬之色，
一片落羽杉的红闯入了她的眼，
她敲开自然国度的大门，
在热烈纯净的仙境里，
一窥，
小桥、雨雾和迷踪。

入目处亭台婉转，
明镜般的碧水轻抚湖岸。
风临了，
漾出一圈一圈漪澜，
高耸的树木交织着水涟，
羽毛似的叶子缠绕着发簪。
游人步伐渐缓，
层叠的山峦将心弦呼唤。

听，
像晚归的少年致意云裳，

像汩汩的小溪亲吻山羊，
像远道而来的飞鸟回到心上人的身旁。

外面的世界很安静，
而她降临在一片落羽杉的红里。
往林深处寻觅，
寻觅那令人心驰神往的秘密，
她走啊走，走啊走……

之后，
爱上了这时而邈远，
时而生动明朗的世界。

第十一届广东省青少年
环保创意大赛

生态文学优秀作品集

散文（少年组）

湿地，人与自然的和谐之地

□ 周北珩（广州市南沙区湾区实验学校）

广州最南端，傍着珠江出海口，有一片在湛蓝天空下，美成一幅画的地方，这里有水，波光粼粼；这里有船，驶向诗和远方；这里有鸟，或者展翅或者弄水；这里有树林，总被惊起噗啦噗啦的声响。

这里还有人，行走在读懂湿地生态的路上。这里是南沙湿地公园，“曲水芦苇荡，鸟栖红树林，万顷荷色美，人鸟乐游悠”。

踏上游船的那一刻，我深呼一口气，淡淡的树木花草混合着泥土的味道，是自然界最最“甜美”的味道。探寻湿地生态之舟，启航。

沿着河道进发，一只水鸟猛地从林间窜了出来，直冲天际。我认得它——“东方白鹳”。它可是“鸟中熊猫”，国家一级保护野生动物。忽然间在远方，一群燕鸥从低矮的灌木丛，齐齐飞向红树林，他们是在嬉戏还是在觅食呢?

船在观测点靠岸，我们登上迷你小岛，观察鸟群在水中的“行动”，它们或是觅食，或是戏水，又或是大鸟带着小鸟“操练”着什么？透过望远镜，可以清晰地看到黑翅长脚鹬、苍鹭、燕鸥、鸳鸯、斑嘴鸭、白骨顶、花脸鸭、白琵鹭、东方白鹳……还有珍稀濒危的黑脸琵鹭。近年来，由于珠江口滩涂上红树林得到保护和发展，为黑脸琵鹭提供了丰富的食料，形成适宜的越冬环境，吸引了黑脸琵鹭来此避寒越冬。

南沙湿地生态之美，不局限于某个季节，这里四季各有各的美。春季，探鸟巢树花，红树林开花结果，鸟儿在树上筑巢哺育幼鸟，一派生机勃勃。夏季，赏荷叶田田，“荷叶田田青照水。孤舟挽在花荫底”。秋季，看红树苇影，芦苇花绽开，苇絮漫舞，映衬着飞鸟窜入红树林间，繁荣和谐。冬季，观掠水候鸟，这里常年住有3万多只鸟儿，每年冬季前来越冬的候鸟达10万多只。远远望去，成群的候鸟在水边栖息玩耍，轻盈身姿掠过水面，让冬季的湿地也不显得孤寂。

这里在现代城市之外给候鸟保留的一片栖身之地，也让人与自然之间多了一扇“窗”，透过这扇“窗”，让和谐的生态深入人心，让人与自然更加亲近。我们要像保护自己的孩子一样保护这些栖身在广州南端的飞鸟，它们会为这个世界增添更绚丽的“空中舞蹈”，它们会用最动听的声声鸟鸣叫醒清晨，它们会为我们构建起和谐、多样的生态，让我们的生活更加多彩。

沿着河，遇见海

——记一次有趣的科学探索活动

□ 陆星伊（深圳市南山区深圳湾学校）

3月9日，是具有特殊意义的保护母亲河日。这一天，我和小伙伴们跟随“梅沙民间河长”刘叔叔，共同走近盐田河，通过调研河流入海口的水环境，从中发现河海交汇的奇妙景观。

水是我们生活中不可或缺的重要资源，众所周知，海水中含有丰富的盐分。为了让大家更加趣味盎然地了解海水中的盐分含量，我们决定进行一次有趣的实验——煮海为盐。

首先，我们在盐田河的入海口段采集了水样，倒入锅中，接下来用电磁炉加热，等待海水煮沸。在等待的过程中，河长叔叔向我们介绍了“保护母亲河日”的背景、“民间河长”的职责与意义以及盐田河的基本情况。小伙伴们还利用网络搜索学习到：全球海水含盐量平均约为3.5%，而大名鼎鼎的死海含盐量则高达34.2%。那么，盐田河入海口的海水含盐量是多少呢？小伙伴们拭目以待呢。

当海水开始沸腾时，我们看到水面上逐渐出现了一层白色的物质，那就是盐！小伙伴们兴奋地围在锅边，目不转睛地观察着。随着水分的蒸发，盐分逐渐凝结成固体，最终，我们得到了一些固体的盐结晶。它并没有想象中的晶莹剔透，我猜，是因为含有其他杂质吧。

接下来，我们进行了简单的计算。我们测量过初始海水的总质量和煮沸后剩下的盐结晶的质量，通过计算，得出了本次采集水样的含盐量仅为1.8%。小伙伴们纷纷表达了自己对实验结果的看法。有人说，实验让他明白了生活中的盐是怎么制作出来的。也有人说，采集水样的含盐量明显低于海水含盐量平均值，恰恰说明了，河海交汇处的含盐量本就是低于海水含盐量但高于河水含盐量的嘛。

沿着河，遇见海。这次有趣的科学探索活动，让我看到深圳绿水青山的美好环境，也让我看到，学习是广义的，它不仅仅在课堂上。在生活中，只要我们爱观察、爱思考、爱实践，学习就会自然而然地发生。“煮海为盐”的实验，不仅让我们在实践中学习了知识，更重要的是激发了我们对水环境保护的兴趣。

水是人类赖以生存的宝贵资源。让我们从小做起，从现在做起，珍惜水资源，保护水环境，让山海连城的深圳更加美好！让我们的地球更加美好！

孟春之月，盛德在木

□ 吴思妤（河源市龙川第一实验学校）

万物静观皆自得，四时佳兴与人同。一花一木，都是葱蔚洇润，风传花信，雨濯春尘，人类对于它们是喜爱的，感到一种生命的伟大，有的甚至肆意地在寒冬里奔放，任凭风雨吹打，它们傲然挺立于大地之上。

“孟春之月，盛德在木。”中国的植树节定于3月12日，这也是孙中山先生逝世纪念日，植树造林能为人类提供许多有用的东西，水果、药材都是林产品，茶叶、橡胶、新碳等都是树木的贡献，盛开灿烂的花、高挺的松柏都让人舒心。

我常踏青于广东的青山之间，绿意弥漫着杏花、春雨。江南或许就在那片土里面，水声续续，有一股在低吟的感觉，水不大，也不很清澈，因为常年浸着一匹树影的绿。花开年复一年背后的生生不息与勇往精神。路远但且行则至，“最美护村员”胡值穿烂100多双解放鞋，行程10万多公里，拯救多种珍稀植物；八步沙林场“六老汉”扎根荒漠，植树治沙，父亲死后由后代传承下去，三代不息，铸成生态安全屏障，他们在为祖国、为自然做出贡献，表达对万物的崇敬。

自然界的一切生态，都在以多样的面孔，为脉搏跳动，谱写序曲。自然的脉搏声，我们的心跳声，与我们息息相关，同频共振，共同演奏生命华章。让我们以最高敬意向杨善洲学习，他志在造福百姓，没有抱怨，意气风发，他也清廉高洁，奉献直到最后一天。60年里他所做的一切，就是为了不辜负人民的期望。到退休时，又主动放弃安享晚年，义务植树造林，带领大家一起植树，他那一颗热忱的赤子之心全部奉献在生态环境建设的事业当中，为家乡点亮永恒的春天。

如今，人们让“苍山不墨千秋画，洱海无弦万古琴”的美景永驻，长江保护让“一江碧水向东流”，一幅天更蓝、地更绿、水更清的江山图景正在神州大地徐徐铺展。

隔牖风惊竹，开门雪满山。

污水的净化之旅

□ 罗培敏（梅州市蕉岭县人民小学）

在城市深处，有一座神秘的“城堡”它默默承担着将污水变清的重任，这便是蕉岭县污水处理中心。

踏入这片领域，机器的轰鸣声与水流的奔腾声交织在一起，奏响了一曲独特的环保乐章。眼前，那滚滚而来的棕色的污水又脏又臭。然而，随着污水在一道道处理工序中流转，奇迹逐渐展现。沉淀池中，污水仿佛被施了魔法，悬浮的颗粒开始沉淀，水面的混沌渐渐有了分层的迹象。那些沉重的杂质，如同背负了太多过错的孩子，慢慢低下了头，沉入池底。

生物处理池则像一个充满生机的微观世界。无数的微生物在这里繁衍生息，它们以污水中的有机物为食，用自己微小的身躯进行着一场伟大的净化行动。它们不知疲倦，日夜工作，将污水中的有害物质一点点分解，转化为无害的物质。

过滤池中，细密的滤网如同一位严格的筛选者，将水中残留的微小杂质一一阻拦，只让清澈的部分流过。消毒池里，消毒的药剂和紫外线灯光，为污水进行最后的洗礼，杀灭其中可能存在的病菌。

当处理后的清水缓缓流出，它们如同获得新生的精灵，欢快地跳跃着，清澈透明，不带一丝曾经的污浊。这些清水，重新融入自然的怀抱，滋润着大地，滋养着生命。

污水处理中心不仅仅是一个处理污水的地方，更是保护环境的重要防线。它就像一位默默守护着地球家园的卫士。

逐光

□ 傅黎可奕（广东梅县外国语学校）

无论是黎明初生还是日落黄昏，梅州——这个城市永远有一半温柔地躲藏在榕树高大的身影下，隔绝尘世，闭着眼睛安然呼吸，连带着脚下的沿江路面也卷起旋风，覆着云影。

迎着尚未醒来的天空，晨跑。

朝霞就这么安静地盘旋在城市上空，一点一点地烧燃了那些古老到石头都开始风化的城市。最后这些飞行着的红光都化成了鸽子灰般晶莹的羽毛，覆盖每一朵花的骨骼。那些朝着寂寞的天空拔节的亭亭如盖的大树，在这光芒的笼罩下，泛出琉璃一样带点釉质的弧线，像是隐约的、还未曾诞生的传奇。

水，是什么样？江面在金色的阳光下一点点地起伏，推起一排排的浪叠，撞在堤边，风遇山止，船到岸停。再往南，于朦胧天光中至多不过穿于云上，绕地而行。水入堤怀，传来一阵阵潮音，像是梅江河在梦中的脉搏，生机勃勃地跳跃着，声动数里，与风成歌，宛若鲸吟。

仿佛是在梦的深处，对岸的树梢起起落落，无中生有地闪出两只白鹭，一时皓皓晃晃的翅膀纷纷飘举，那抹白如同山尖的新雪，衬着苍茫的背影，带着隐秘的默契和超然的秩序，艳得夺人眼目。凌空迅飞，静绽如花，飘飘乎如冯虚御风，遗世而独立，羽化而登仙，映在水面上，活泼了整个梅江风景。

一路小跑着，天色更明亮了起来，云隙间几片明晃晃的光粘在路面上，隐隐反托出梅江河两岸树的倒影。道旁榕树一直向前延伸，看不到尽头。某种如小羽毛扑打般细微的动静透过我的耳膜穿进心里，惹出丝丝的甜意。哦，是画眉声声！太阳是如此地年轻，狠狠地发光发热，那威力大得快撑破了云，晨光仿佛要把每一处角落都填满。晨练的人儿昂首阔步，穿花蛱蝶。树荫下，零零碎碎地铺着几块光斑，鹤发童颜的老人步伐轻快，辗转腾挪于光斑之间，“野马分鬃”“白鹤亮翅”“云手”……一招招一式式行云流水，拳影绰绰，衣袂飞绝。无数身影就这样嵌进晨光，刻入华章。

脚下是清澈而匆忙的河水，我伸出双臂，迎着扶光，眼前尽是：天苍苍琉璃镜，不染尘埃。

养蝶记

□ 廖佩楠（东莞市中堂镇实验中学）

今年春末，一场别开生面的养蝶活动在生物老师的引领下悄然启动，激发了全班同学的浓厚兴趣。老师提示我们，学校的生物园是寻找蝴蝶幼虫的宝地。怀揣着期待，我连续数日穿梭于生物园，却屡寻未果，仿佛它们故意与我捉迷藏。

转机出现在一个周二的夜晚，生物老师意外地出现在教室，手里还藏着一份特别的礼物——三只形态各异的幼虫。我欣然领养了其中最小的一只，它体态臃肿，背上点缀着白色条纹，头部两角尖尖，虽不起眼，却承载着我对蝴蝶蜕变的无限憧憬。

接下来的日子里，这只小生命经历了数次蜕皮的奇妙过程，每一次都伴随着成长的印记。它从最初的棕褐色逐渐转变为青绿色，食量也日益增加，仿佛每一次蜕皮都是对生命力量的一次全新诠释。然而，天有不测风云，五一假期前夕，我因担心它挨饿，将它带回家中照料，不料却使它误食带农药的叶子而中毒身亡，这一幕让我心痛不已，泪水与雨声交织成那晚最难忘的旋律。

但我不愿就此放弃，决心再次尝试。在柑橘树上，我幸运地找到了另一只大青虫。它性格凶猛，拥有白色的条纹和红色的臭角。四天后，它吊在了饲养盒的盖子上。它要快化蛹了！我有点儿措手不及，连树枝都还没给它找。它把自己的尾部和头部吊了起来，头部是用两个细丝吊的。同学们看到我的虫后投来羡慕的目光，我心中的自豪感油然而生。大青虫化蛹是在晚上，它化成了一个翠绿色的蛹，头部是尖尖的，腹部那边还有两个淡绿色的小三角。它会化成什么颜色的蝴蝶呢？我开始好奇和期待它化蝶的那一天。

这次，我更加小心翼翼地呵护着它，终于迎来了它化蛹的那一刻。绿色的蛹在灯光下透出生命的希望，让我满心期待它的华丽蜕变。

经过十天的耐心等待，一个阳光明媚的早晨，蛹壳变得透明，一只黑色的蝴蝶悄然破茧而出。它的翅膀上镶嵌着白色的条纹，红色与蓝色的点缀更添几分绚丽，尽管翅膀略有残缺，却丝毫不减其飞翔的勇气。那一刻，我心中的激动难以言表，见证了生命的奇迹。

面对这只新生的蝴蝶，我陷入了两难的抉择：是放它回归自然，还是制成标本永远珍藏？最终，我选择了前者。在生物园的一棵柑橘树下，我轻轻打开盒子，它振翅起飞，虽然不高，却坚定地向着花丛深处飞去，逐渐消失在我的视线中。那一刻，我虽有不舍，但更多地是对它未来生活的美好祝愿。

再见了，我的蝴蝶，愿你在广阔的天空中自由翱翔，享受属于你的快乐与自由。而我，也将带着这次难忘的经历，继续探索生命的奥秘，感受成长的喜悦。

斯瓦尔巴幻想曲

□ 莫贝瀛［东莞市东华初级中学（东城校区）］

2042年，而立之年的我，站在斯瓦尔巴群岛，脚踏北极圈的冻土，俯视砂岩山下深不见底的隧道，把从世界各地运来的种子卸下，然后核对清单、消毒、登记，把它们送入密封舱并开展科学研究。这里是斯瓦尔巴全球种子库，存贮着超过22亿颗种子，是世界末日粮仓，也是地球生态的最后一道防线。日复一日的工作虽孤苦，却意义非凡，我要成为这首斯瓦尔巴幻想曲的谱写者和守护者。

如果时间可以倒流，一切回到最初的原点，冥冥之中，我与斯瓦尔巴的缘分早已注定。

2012年，我出生在中国一个被誉为“世界工厂”的城市——东莞，我的故乡不仅经济发达，还拥有逾千座公园。年幼的我最喜欢东莞植物园的兰花园，兰花花瓣轻盈曼妙，宛如美人，不采羞自献，从兰花清冽醇正的香气中走过，我不禁感慨“幽兰生前庭，含薰待清风”。人与自然的和谐之曲在我心中埋下序章。

2022年，小学四年级的我第一次参观东莞科学技术博物馆，在制作垃圾分类海报的活动中，我学到了许多关于垃圾再利用和变废为宝的知识。从此，我开始关注生态平衡，主张绿色出行，宣传环境保护。人与自然和谐之曲的音符在我心中开始谱写。

2032年，我是一名生态学专业的大学生，研究生物体与环境的相互关系，主攻智慧生态。我在东莞厚街环保热电厂实习，见证垃圾焚烧发电全过程，认识到城市发展与生态保护并不矛盾。我还参与东莞生态环境监测站的工作，用液相色谱——串联质谱联用仪对农作物进行实时追踪，研究污染物和农药残留对自然生态造成的破坏，找到最优的应对之策。至此，人与自然和谐之曲的前奏已然成熟。

十年后，因为表现出色，我得到了前往斯瓦尔巴种子库工作的机会。我知道，就算格陵兰和南极洲的冰层消融，只要保住种子库，人类就能重启农业生产，科研人员就能进行可持续生态研究。为了守护记忆深处故乡那朵小小的兰花，我欣然前往，我要在这里延续中国的生态文明理念，在地球穹顶奏响这首属于全人类的斯瓦尔巴幻想曲。

寒溪河畔白鹭飞

□ 李晟煜（东莞市常平镇桥梓小学）

午后的阳光温柔地洒在大地上，草长莺飞，几朵轻盈的白云在湛蓝的天空中悠然自得。

在这宁静而美好的一天，妈妈带我来到寒溪河畔散步。眼前的景色让我震撼——新修建的鹤舞园里，花坛中的花朵竞相开放，光彩夺目，吸引了勤劳的蜜蜂和蝴蝶。孩子们在花丛中嬉戏，年轻人悠闲地散步，老年人随着音乐跳着广场舞。

我们沿着彩色的沥青小道漫步，我被寒溪河的新面貌深深地吸引着。河水清澈见底，两岸的建筑倒映在水中。我好奇地问妈妈："妈妈，以前我们经过这里时，总是要捂着鼻子，但现在不仅没有异味，还变得这么美丽，这里究竟发生了什么变化？"妈妈微笑着回忆道："这里曾经是一条清澈见底的河流，人们在这里钓鱼、游玩、散步，端午节时还有赛龙舟。妈妈小时候也非常喜欢来这里玩耍。"她的话语中充满了对往昔美好时光的怀念。我听得入了神，想象着寒溪河曾经的美景，但心中又生出疑问："那为什么后来会变得像臭水沟一样呢？"妈妈叹了口气："因为后来要发展经济，忽略了环境，不少工厂都把废水往河里排放，人们也随意往河里扔垃圾，河水变得越来越脏越来越臭，这条曾经贯穿东莞的美丽河流就这样被污染了。"

我愤慨地说："他们真是太过分了！原来寒溪河的污染是这样造成的。看来，我们以后要好好保护环境。"妈妈点头赞同："是的，你也要成为保护环境的一分子，及时制止那些破坏环境的行为。"

“妈妈，您看，有白鹭在岸边的草丛里！”我惊喜地说。妈妈循着我指着的方向望去，脸上泛着喜色：“‘一河两岸’工程开展后，通过治理水域，整修堤岸，你看，水清澈了，引来了白鹭在这里安家了！”

我站在岸边，看着清澈的河水，心中充满了感慨。一只只白鹭你追我赶，自由自在，在河岸边，若隐若现。正是寒溪河的变化，让美丽动人的白鹭筑巢安家。

翠绿的草儿铺满寒溪河两岸，河水奏着动听的歌儿流向远方。阳光中，白鹭振动羽翼，与悠闲的白云遨游在蓝天中……

绿美茂名，共庆华诞

□ 郭橙烯（茂名市东湾学校）

新中国成立75周年，岁月的长河奔流不息，在这波澜的历程中，祖国大地发生了翻天覆地的变化。在广东茂名这片充满活力的土地上，一场关于生态文明的美丽画卷正徐徐展开。

茂名，以其独特的自然风光和人文景观，吸引着无数人的目光。离我们最近的是茂名高州仙人洞旅游景区，这里青山连绵起伏，有远近闻名的“空调村”之称。常年气温在25℃以下，冬暖夏凉，负氧离子含量高达10^5个/cm^3，也有“天然大氧吧”之称！这里还有中国第一滩，金黄色的沙滩，像极了秋天稻谷成熟时的稻田，随着徐徐海风吹起衣襟，如巨龙般延绵起伏；那澄澈的海水，似蓝色的丝带飘动在天地之间。

在绿美茂名的建设中，迎来了2024“绿美茂名·好心林”公益植树活动，有160多家单位、企业和300余名市民群众参与到这次公益植树活动中，共认种椰子树1600多棵。为绿美茂名生态建设的基点，不断增强全民植绿、增绿、护绿、管绿的自觉性，全力推进茂名绿化工作，写好绿美篇章。

在绿美茂名的建设中，涌现出了许多热心环保志愿服务的典型事迹。这些环保卫士利用业余时间，走进社区、学校、公园，宣传环保知识，倡导绿色低碳生活。他们组织宣传垃圾分类培训，耐心地向居民们讲解如何正确分类垃圾，减少对环境的污染。他们还积极参与植树造林活动，为大地增添一抹抹新绿。用自己的行动诠释着环保志愿者的担当和奉献。各学校把环保教育融入日常教学中，通过生动有趣的课堂活动，培养学生的环保意识。带领学生走出教室，走进大自然，让学生亲身感受大自然的美丽和神奇，激发学生对环境保护的热爱。

站在新时代的起点，我作为一名小学六年级学生，思绪万千，在回望过去中，不断学习和总结前辈们的经验。展望未来，信心满满。让我们共同传播生态文明主流价值观，积极参与环保志愿服务，践行绿色低碳生活。从我做起，让我们与前辈同行，携手共进，共同创造绿美广东的美好家园。让这片土地上的绿水青山永远绽放绚丽的光彩。

英西十里画廊，我的家乡真美

□ 彭晴晴（英德市黄花镇中心小学）

在我幼小的心灵里，有一个地方，它如诗如画，如梦如幻，那就是我的家乡——英西十里画廊。每当我想起那里，心中总会涌起一股难以言表的自豪和喜悦。

十里画廊，顾名思义，那是一幅绵延十里的美丽画卷。

清晨，当第一缕阳光透过薄雾，洒在蜿蜒的小河上，河面便泛起了金色的波纹。河边的柳树，轻轻摇曳着身姿，仿佛在向过往的行人招手致意。远处，层层叠叠的群山，在朝阳的映照下，显得更加婀娜多姿。

沿着小河漫步，你会发现，这里的每一处风景都是一幅画，每一幅画都是一个故事。你看，那边的小桥流水，炊烟袅袅，仿佛是一幅温馨的水墨画；再看，那边的田野上，稻谷金黄，稻穗低垂，又好像是一幅丰收的油画。在这幅画的最中央，是我的家乡，那座古朴而宁静的小村庄。

村庄里，青砖黛瓦，古树参天。每当夏季来临，村里的孩子便会聚集在树下，听老人讲述着关于十里画廊的传说和故事。那些关于山水、关于风土人情的故事，仿佛已经融入了这片土地，成为这里不可或缺的一部分。

每当夜幕降临，十里画廊会披上一层神秘的面纱。月光如水，洒在村庄的每一个角落，一切都变得那么宁静、祥和。此时，如果你站在村头，远眺那十里画廊的全景，你会发现，这里不仅仅是一个地方，更是一种心灵的寄托，一种对美好生活的向往。

英西十里画廊，我的家乡，你真美！你的美，不仅仅在于那如诗如画的自然风光，更在于那深厚的人文底蕴。在这里，你可以感受到人们对生活的热爱和对自然的敬畏。他们用自己的双手，辛勤耕耘，创造出了这片美丽的家园。他们用自己的智慧，传承着古老的文化，让这里成为一个充满故事和传奇的地方。我相信，在未来的日子里，英西十里画廊一定会变得更加美丽，更加富饶。我也会用自己的双手，为这片土地贡献全部的力量，让它变得更加美好。

绿美广东，和谐共生的诗意家园

□ 林大智（广州市番禺区石碁第四中学）

广东，这片古老而又充满活力的土地，自古以来便是自然的宠儿。在这片热土上，绿水青山与繁华都市交相辉映，构成了一幅和谐共生的美丽画卷。

每当我漫步在乡间小道上，那连绵起伏的青山、碧波荡漾的绿水，都让我感到无比的宁静与惬意。它们是大自然的恩赐，也是家乡人民世代守护的宝贵财富。

广东，这片繁荣富饶的土地，不仅在经济建设上取得了举世瞩目的成就，更在生态建设上展现了非凡的魄力。从城市的绿化美化到乡村的生态环境改善，从工业污染治理到生态修复保护，广东始终走在生态文明建设的前列。在这片土地上，我们见证了绿水青山的美丽蜕变，也见证了人与自然和谐共生的生动实践。

在日常生活中，绿色低碳生活的理念已经深入人心。人们越来越注重节约资源、保护环境，绿色出行、低碳消费成了新的生活方式。在广东的街头巷尾，你可以看到许多人骑着共享单车、步行或乘坐公共交通出行，他们用自己的行动为城市环境的保护贡献着力量。广东省珠三角绿道网走在了全国绿道系统建设和发展的前列，绿色是一种理念，是一种生活形态，也是一种文明的象征，更是人类与大自然相互交融的一种具体的契合方式，而绿道正是其具体体现。同时，广东的环保志愿服务事业也蓬勃发展，越来越多的人加入环保志愿者的行列中，他们用实际行动传递着环保的理念和力量。

其中，有一位名叫李明的志愿者给我留下了深刻的印象。他长期扎根在乡村，带领村民开展环保宣传、垃圾分类等活动。他用自己的行动感染了身边的人，让更多的人加入环保的行列中来。在他的带动下，村庄的环境得到了极大的改善，村民的生活质量也得到了提高。

除了这些典型事迹和优秀人物外，广东的日常工作学习中也涌现出了许多成功案例。许多学校和企业都积极响应绿色低碳生活的号召，通过节能减排、循环利用等措施降低碳排放量。这些成功案例不仅为广东的绿色发展注入了新的动力，也为全国乃至全球的绿色发展提供了有益的借鉴。

绿美广东的建设不仅是一项伟大的事业，更是一种生活方式的转变。它让我们更加珍惜自然资源、尊重自然规律、保护生态环境。在这个过程中，我们每个人都可以成为绿色生活的践行者、环保事业的推动者。让我们携手共建绿美广东美好家园，让这片热土永远充满生机与活力！

在岭南山水间绘出一幅绿美画卷

□ 黄浩歌（广州市华南师范大学附属小学）

我们中国人自古以来崇尚天人合一，特别注重自然环境与人的和谐发展。北宋王希孟的《千里江山图》就描绘了层峦起伏的群山与烟波浩渺的江河，引人畅想。到了今天，我们国家更加注重生态环境治理，强调绿色发展。广东省出台了《关于新时代广东高质量发展的若干意见》《中共广东省委关于深入推进绿美广东生态建设的决定》等文件，着力在岭南山水间绘出一幅壮丽的绿美画卷。

"绿美广东"建设令我们的家乡更加富足。自古以来岭南就以草木葱茏著称，丰茂的林地孕育了大量花卉、水果、苗木、中草药等资源，连苏轼都发出了"日啖荔枝三百颗，不辞长作岭南人"的赞叹。如今，"绿美广东"建设大力发展林下经济，会让广东特色的林业产品走向全国、走向世界，为广东创造财富，促进乡村振兴。

"绿美广东"建设把我们的地域文化发扬光大。岭南文化历史悠久、内涵丰富，拥有粤剧、醒狮、扒龙舟、妈祖诞等极具特色的非物质文化遗产。近年来，广东省在保护生态环境的同时大力传承非遗文化，凭借丰富的自然和人文景观打造文化名片，为岭南文化注入新的生机。

"绿美广东"建设让我们的生活更加舒适。珠江边清风徐徐，市民们搭起帐篷悠闲地享受自然；河涌旁碧道延展，往昔的黑臭滩涂变成了花草摇曳的湿地公园；即便是在广州、深圳这样的现代化都市，也有华南植物园、红树林自然保护区，令人们观赏到"落霞与孤鹜齐飞，秋水共长天一色"的自然美景，很多公园中也建设了绿道和森林步道……生活在其间的我们是最大的受益者。

绿水青山就是金山银山，为我们家乡和国家的经济发展创造丰富的生态资源；绿水青山还能孕育出山明水秀、人与自然和谐共生的美好景象，给传统文化注入现代精神，生动地诠释深厚的岭南魅力；绿水青山更能为我们少年人营造出对山长水阔的畅想，让我们通过自身的奋斗努力讲好新时代的广东故事、湾区故事、中国故事！

我爱这蓝色的海洋

□ 江泓宇（广州市建设六马路小学）

如果要问我最爱的颜色，我会毫不犹豫地说是蓝色，因为海洋是蓝色的。我爱海洋的辽阔、广博，我爱海洋的富饶、多彩，我更爱海洋的包容、无私。

我平时喜欢看书，我在书中了解到，陆地面积占地表总面积的29.2%，而海洋面积则占地表总面积的70.8%。海洋是地球的蓝色心脏、生命的摇篮、人类文明的源泉，海洋生态系统也是地球最重要的生态系统之一。

小时候到了夏天，爸爸妈妈就会带我到海边玩耍。在海边我经常能捡到各种各样的贝壳，还有见到人就会“嗖”地一下就钻到沙子里的小螃蟹。我还会在沙滩上堆起一座座城堡，把它们建造成自己心中理想的样子。

清晨，火红的朝阳沿着海平面升起，把海天相接的地方照耀得明亮又温暖，让人想起李白的诗句——“今人不见古时月，今月曾经照古人”。月亮如此，太阳也如此，我们人类存在的时候海洋伴我们而生，而我们还未出现的时候海洋就已经安静地存在了。古老的海洋就这样每天看着日升月落，用宽厚慈祥的怀抱呵护人类。

夜晚，吹着海风，听着海浪，我们开启一天的幸福时刻，享受美味的海鲜大餐。书上说，包括鱼类、虾类、蟹类、贝类、藻类和其他有捕捞价值的海洋生物在内，世界水产品中的85%左右都产自海洋。辽阔的海洋就像一个富饶的“大粮仓”，用慷慨无私的付出哺育人类。

前几年因为不能自由出行，很遗憾我有几年都没能见到大海。当限制取消后，我再次来到海边，欣喜地看到，不但有越来越多的人来欣赏美景，也有越来越多的人更加重视生态保护，重视海洋保育。很多人当起了志愿者，清理海滩杂物、收集海漂垃圾、保护海边植物……

在他们的感召下，我也自愿加入这支队伍，做一点儿力所能及的事情。因为我知道保护海洋就是保护人类自己，善待海洋就是善待人类自己。每个人的力量虽然单薄，但在大家的共同努力下，我相信海洋一定能被保护得健康活泼、生机勃勃。我爱这蓝色的海洋，我希望它永远干净、清澈，永远深邃、湛蓝，永远都是人类的宝藏朋友！

光之旅

□ 让谦（珠海市香洲区第十九小学）

深邃的夜空，繁星点点。

睡眼惺忪的我依偎着窗棂，窗外蝉鸣蛙叫好似催眠曲。我感觉身体越来越轻盈、缥缈、明亮……我竟然变成了一道光！

“嗖——”一刹那间，我飞驰了几十万里。越过崇山峻岭，跨过汪洋大海，穿过茂密丛林。鸟瞰着苍茫大地，江山如此多娇，我心潮澎湃：“这就是我们的壮丽山河！这就是我们的美丽家园！”

突然，我的视线被层层叠叠的乌云遮住了，噢！不是乌云，是雾霾——许许多多细微小颗粒，从工厂的烟囱飘来，从汽车的排气管喷出，悬浮在空中与小水滴抱团，久久不能消散。我的光亮在雾霾里涣散，变得微弱，渐渐气若游丝。

此时，一场滂沱大雨，雾霾有所消散。我奋力从乌云的缝隙钻过去，接着我的伙伴们也陆续地挤了出来，一束光、两束光、三束光……万丈金光冲破了层云叠嶂，普照大地。

“哇！彩虹！好漂亮呀！”地上传来孩子们的欢呼。

在水滴折射下，我发现自己成了七色彩虹。备受瞩目的我像站在舞台上的大明星，但仍心有余悸：“靠老天搭救，始终是治标不治本。”

“我现在可以光速飞行，要不去外面找找，看有没有更适合人类居住的星球。”想到这，我调头冲出了大气层，奔向浩瀚的宇宙。

先抵达的是离太阳最近的水星、金星，这两个热辣滚烫的星球，超400℃的高温让我却步；接着探访与地球最像的火星，这颗橘红的星球，表面有山谷、沙丘、平原，正当我准备仔细端详时，一阵风刮来，顿时飞沙走石，我被砾石割得七零八落。罢了罢了！我继续向远日方向驰骋，掠过木星、土星、天王星、海王星，都是一团团巨大的气体，连个落脚的地方都没有。在太阳系兜兜转转，只有木卫二有着液态水，但表面被厚厚的冰层覆盖着，也没有保暖的大气层……

“怎么在窗台上睡着了？”是妈妈的声音。

原来是一场梦，我揉揉眼睛，看着闪烁星空，徐徐晚风送爽，深吸一口，是夹着草香的清新。我抬头对妈妈说：“我们要好好爱护环境，保护地球。”

妈妈笑道：“看来，今天参加生态珠海实践教育课堂学到知识了。”

汕头的四季韵律

□ 吴诗渺（汕头市龙湖区龙泰小学）

“金凤花儿润饰温柔，小公园里徜徉春秋，鸿雁封缄处岁月守候，最是人间烟火、寻常街头……”朗朗上口的歌儿，时常回响在汕头这片古老而又年轻的土地上。这颗镶嵌在南海之滨的璀璨明珠，在四季的轮回中，展现着它独有的风采，每一次转身都是一幅绝美的画卷。

春天的汕头，是温柔与生机的开始。温暖的海风轻拂过脸庞，带着些许湿润与淡淡的盐味，唤醒了沉睡一冬的大地。街道两旁，木棉花怒放，红艳如火，仿佛在向人们宣告春天的到来。在这个万物复苏的季节里，阳光温柔地洒在校园的每个角落里，老师带领着我们一起种下一棵棵绿苗。随着一棵棵新树苗在春风中挺立，这片蔚蓝的海湾又添了几分绿意。

夏天，汕头迎来了它最热情的一面。阳光灿烂，海水变得格外清澈，吸引着人们前往南澳岛、中信高尔夫海滨度假村等地，享受海水的清凉与沙滩的乐趣。炎炎烈日下，我最喜欢做的事，便是跑到沙滩上踏浪。脚掌触碰到温热的沙子，那细腻的触感仿佛是大自然热烈的欢迎礼，每一粒沙子都在脚底轻轻按摩，带走困意和疲倦。

稻田金黄，瓜果飘香，编织出汕头秋天收获的田园诗篇。稻穗沉甸甸地低垂，仿佛在向辛勤劳作的农民致谢。秋风送爽，空气中弥漫着稻谷的清香，收割机在田野里轰鸣，一派繁忙喜悦的丰收景象。爸爸带我到田间体验秋收，我亲手割下一束束沉甸甸的稻穗，虽然辛苦，但看到自己的劳动成果，心里别提多自豪了。

汕头的冬天，没有刺骨的寒冷，却有温暖的人情味——喝工夫茶。每当寒风吹起的时候，家家户户就会烧上一壶热水，拿出精致的茶具，一家人围坐在一起，泡上一壶清香的工夫茶，茶香袅袅上升，暖意融融。工夫茶不仅仅是一种饮品，更是一种文化的传承，是我们汕头人慢生活的缩影，让这个季节充满了温馨与和谐。爷爷说："品茶就像品味生活，要细细体会其中的甘苦。"我学着大人的样子，小口小口地喝，感觉茶水暖到了心里，也暖和了整个冬天。

四季轮回，汕头以独特的魅力，诉说着春夏秋冬的故事。无论是植树造林的春天，还是海边嬉戏的夏天，或是稻田丰收的秋天，抑或是围炉品茶的冬天，都让这座海滨城市充满了无限的温柔与风采。

家乡四季

□ 李逸辰（梅州市梅江区龙坪小学）

我的家乡梅州是一个四面环山的山城，是一个人文美丽、自然和谐的地方，它四季风景美如画。

春，生机盎然。从百岁山山顶上俯视，触目所及是一片片连绵不绝的新绿，绿波漾动中传来各种鸟儿呼朋引伴的清脆声音。野花开得漫山遍野，有红的、粉的、黄的、白的、紫的，乍看，好像给大山穿上了一件五彩斑斓的花衣。山脚下的农田里，勤劳的人们在水田里耕种，他们的影子映照在水面上，汗水洒进泥土。在春天的家乡，我看见“野火烧不尽，春风吹又生”的生机勃勃，我看见“桃花细逐杨花落，黄鸟时兼白鸟飞”的欣欣向荣，我看见人与自然和谐的美好景色。

夏，烈日炎炎。在山间，清澈见底的小溪流成了我们最好的朋友。我和小伙伴们捞鱼捉虾，玩起了打水仗，你泼我，我泼你，清凉的溪水打湿了衣裳，我们的笑声却不绝于耳。我听到昆虫音乐家——蝉，唱着“吱吱”的歌儿，我还听到风儿的吟诵，这乐声此起彼伏，他们都在歌唱家乡绿水青山的美妙。

秋，硕果累累。无边无际的田野上，金黄的稻田掀起一波又一波的金色浪潮，农民伯伯喜悦的笑声随风飘荡。果园里的水果也换上了新装，柿子穿上了火红的衣裳，梨子穿上了金黄的铠甲，沙田柚也穿上了金色的衣裳，在凉爽的秋风中，它们散发出阵阵诱人的清香。摘一个，剥开放在嘴里，尝一口，甜津津的，令人回味无穷。

冬，寒风瑟瑟。梅花开了，开得满城都是。我想起一句诗：遥知不是雪，为有暗香来。虽然寒风刺骨，但人们还是在盛开着美丽梅花的公园里跑步、锻炼身体，他们和梅花一样，无惧风霜，不怕严寒，这就是客家精神，我对他们的精神感到由衷的敬佩。

梅州的一年四季就是这样美丽迷人，美丽的家乡需要我们共同维护，只要与自然和谐相处，我们的家乡一定会变得更加美好。

天蓝、地绿、水清

□ 张钰萱（梅州市梅江区风眠小学）

天色黄昏，微黄的阳光斜射在山腰上，一条白练恍若一道神光，从天上飞流而下，“天蓝、地绿、水清”多么美的画面，这就是我深爱的地方——梅州！

放假的时候，总有一段时光是在乡下度过的。清晨，林间的风徐徐吹来，送来温暖的木质香味，金黄的阳光从树叶的缝隙中洒下，地上一片光怪陆离，孩子们的欢声笑语惬意又自在地飘荡在风中。屋后密林间，总有忙碌不停的身影，我常问父母他们在干吗？为什么总是穿梭在这片无边无际的林子里呢？父母总是满脸敬佩地说，他们是护林员，林子的防火、防虫、防盗全靠他们了！是他们的守护，让我们的森林充满生机与活力，让我们的生活更加美好。我似懂非懂地望着那高大的身影，他们的汗水顺着脸颊滑过，在阳光的照耀下显得晶莹璀璨，迅速地滴进脚下那片热土……

宁静的夜晚是昆虫和孩子的乐园，夜莺在树上欢乐地唱着，蟋蟀在草丛间悠然自得地弹琴，河中的青蛙也在此起彼伏地“呱呱呱”地叫着，还有许多不知名的昆虫一起演奏着大自然的乐曲，是那么地优美，那么地迷人！

我们坐在亭子中聊天，爷爷不无感慨地说：“自从乡村振兴，我们的小山村也变得越来越美丽了！道路变宽了，山更绿了，水也清澈了，村民的生活水平提高了！”爸爸点点头：“所以我们更要爱护现在的生活环境，从每一件小事做起，守护好我们的家！”我和弟弟也凑过去说道：

“我们不仅要热爱这片土地，长大了也要守护这片土地，让它永不衰老，永远青绿！”

天是那么蓝，地是那么绿，水是那么清，空气又是那么清新，我的脑海里不由浮起这一句：“绿水青山就是金山银山。”我多么希望这片土地青山永不老，绿水一直流，我们与热爱的自然永远和谐共处。

白鹭之美，如诗如画

□ 陈怀钰（梅州市梅县区扶外小学）

每当夜幕降临，我便拉着爸爸妈妈漫步在梅县区的沿江金岸。微风拂过，小船似的明月倒映在波光粼粼的河面上，月光如同一条轻盈的丝带，轻轻地铺在江畔，如同一幅流动的画卷。

突然，成群结队的白鹭从远处飞来，落在清澈见底的梅江河浅滩，惊起一圈圈涟漪。一身洁白如雪的羽毛，犹如轻盈的云朵，纯洁而高贵。它们修长的体形，纤细而有力的腿，走起路来昂首挺胸，气质非凡，我不由想起“白鹭白如雪，照影临沙碛”。画卷上增添了一抹醉人的色彩，增添了诗意。

我轻快地走上前，尽可能地靠近白鹭。白鹭低着头，在水中觅食，水中鱼虾丰富，鸟儿吃得可欢了。河边苍翠的灌木枝头，一些白鹭正在瞭望，好像在放哨。吃饱喝足，鸟儿张开翅膀，翩翩起舞，如同白色仙子。我和爸爸妈妈都陶醉其中，忘了前行。爸爸说：“白鹭不仅外表美，它还是大自然的生态检验师，对生态环境极为挑剔，只有环境好，空气、水质好的地方才能看见它的身影，所以白鹭又是大气和水质的检测鸟，享有‘环保鸟’的美誉呢！”

的确，白鹭在我们梅州这片绿色的充满生机的土地上，分布十分广泛，它们在这里繁衍生息，增添了梅州的美丽与活力。让我们共同珍惜这份来之不易的生态财富，携手创造绿色梅州，守护好这片美丽的家园，让后人续写这篇诗意画卷吧！

观鸟日记

□ 周灵汐（东莞市松山湖第一小学）

今天，郭老师带我们来到松山湖中心公园观鸟，这是我第一次参加学校组织的科学实践活动。

公园的鸟很多，其中数量最多的是乌鸫。远远望去，你一定觉得它是一只乌鸦，因为它全身乌黑。但我们拿起望远镜仔细观察，就会发现它的翅膀和尾巴是乌黑发亮的，腹部是黑褐色的，尖尖的喙是黄色的，脚也是黑褐色的。它喜欢待在大树底下的草地上。老师告诉我们树底下的泥土比较湿润，乌鸫爱吃的蚯蚓会比较多。我还亲眼看到一只乌鸫从泥土里叼出一条蚯蚓迅速飞走了。郭老师还告诉我们那些又圆又胖的，而且只会直线飞行的乌鸫是亚成鸟，也就是还没有完全长大的鸟。

我印象最深刻的是一种游禽，它叫䴙䴘。一开始我们看到它漂亮的羽毛都以为是鸳鸯，后来查了《鸟类图鉴》才知道它是䴙䴘。䴙䴘长得有点儿像鸭子，不同的是它眼睛外面一圈长了白色的绒毛，喉部到颈部都是板栗色的。在公园的湖面上，䴙䴘妈妈和䴙䴘爸爸正在耐心地教䴙䴘宝宝怎样捕食，画面真温馨呀！

今天我还认识了有着红喙的黑水鸡，系着"黑色围巾"的黑领椋鸟，两侧翅膀带着"白色闪电"的鹊鸲，浑身灰不溜秋的小麻雀和在水边觅食的池鹭。

今天艳阳高照，天气炎热，我们走了一个上午很累，也出了一身汗，但是我全程都非常兴奋，收获也很大。下次我还要积极参加观鸟活动。

小水滴的旅行

□ 李冠霆（东莞市东城小学）

从云端到大海，从湖泊到森林，小水滴的旅行从未停止。它飘荡在空中，与微风共舞，慢慢地靠近大地，准备开始它的冒险之旅。

第一站，小水滴随着淅淅沥沥的夏雨，来到了东莞市大气环保体验馆。它趴在玻璃窗上，看见老师正向孩子们讲解“水循环的过程”。

“大家知道什么是水循环吗？知道小水滴也会去旅行吗？”老师问。孩子们听到“旅行”两个字，个个都兴致高昂，问老师小水滴是怎么去旅行的？老师一边展示视频，一边告诉孩子们小水滴是如何通过降水、蒸发和径流来实现水循环的。

小水滴也在认真地听着，慢慢地，它感觉自己的身体越来越轻，最后竟慢慢地飘了起来。小水滴乘着微风，慢慢地飘到天空上。

天空碧蓝如洗，雨后湿润的空气混合着泥土的清新，让小水滴格外心旷神怡。忽然，它看见不远处一条长长的烟囱正冒着缕缕青烟。“那是什么东西？”小雨滴问旁边的白云。白云慵懒地回答道：“那是粤丰环保电力厂，正在焚烧垃圾发电呢！”“焚烧垃圾？那会污染环境吗？”小水滴担忧地问道。“不会的，废气都是经过层层过滤后再排放的，我就是从那出来的。”白云说。“焚烧垃圾可以发电，还不会造成污染，那可真绿色环保！”小水滴向白云道谢后，便继续它的旅行。

轰隆隆！一道闪电划破天空，雷暴雨要来了！小水滴也感觉到自己的身体越来越重，它知道，它将成为这场盛大演出的一部分。

说时迟，那时快，小水滴正如离弦的箭，急速下坠，噼噼啪啪地掉落在地上，并随着雨水收集管网，汇入了雨水收集模块里。模块里黑漆漆的，什么都看不见。小水滴害怕地问：“这是哪里？”“这里是东莞金星电线厂雨水收集体验区，我们正在雨水收集模块里，”小水滴身边有个声音回答道。“那我们还能出去吗？”小水滴问。“会的。我们这里的小伙伴，有些会去鱼池，有些会去绿化带，还有些会去工厂里……先在这歇会儿吧！”

走了一天的小水滴也累了，它慢慢地合上眼睛，睡着了。梦里，它来到了一片田野，田野里的土壤正贪婪地吮吸着它的水分。下一站的奇妙旅程，又即将开始……

三张照片的故事

□ 罗海岚（东莞市南城中心小学）

在东莞，有一条蜿蜒曲折的河流，它就是我们的母亲河——东江。它像一条绿色的丝带，穿城而过，哺育了一代又一代东莞人。我是生活在东江涓涓支流中的“东莞鱼”——尾尾，我们家世代生活在这片水域，享受着江水带来的恩惠。今天，我想和大家分享我家三代人童年照片背后的故事，它们记录了东江从过去到现在的变化，也见证了东莞人民对生态文明建设的坚持与努力。

第一张照片是奶奶珍藏的宝贝。这张照片拍摄于一个宁静而美丽的时刻，首先映入眼帘的是清澈的东江，阳光洒在水面上，波光粼粼，宛如撒了一层金色的粉末。远处的天空湛蓝如洗，几朵白云悠闲地飘浮在空中。奶奶小时候在照片里笑得像朵花一样美丽，笑容里洋溢着幸福和满足。奶奶笑称那是她童年最快乐的时光：家人常常围聚在一起谈天说地，无忧无虑。

然而，时光流转，爸爸小时候的照片显示了生活环境的巨大变化。照片是在一片被污染的河边拍摄的。照片中的爸爸面无表情。那时候的东江水已经被污染，江水不再清澈，花儿水草也慢慢枯萎。家人不再围坐在一起，而是戴着口罩，躲避着工厂的烟尘和漂浮的垃圾。环境的恶化让爸爸的童年失去了光彩。所有人都期盼着环境能得到改善，早日重返美好生活。

与前两张照片相比，我的照片所捕捉的环境宛如一幅全新的画卷。东江水此刻变得清澈透明，宛如一面镜子，可以清晰地看到水底的沙石。水草似乎重新找回了生命的活力，每一片叶子都绿油油的，在生机勃发地摇曳，仿佛在诉说着大自然的秘密与奇迹。东江两岸绿树成荫，鸟语花香，绿道上有小朋友尽情嬉戏，偶尔还能看到几只悠闲的飞鸟掠过。在镜头里，我笑得格外开心。我和朋友们尽情享受着无忧无虑的童年时光和大自然的美好与宁静。

这三张照片，让我看到了东江从污染到治理的艰辛历程。它们无声地告诉我，生态文明建设不是一朝一夕的事情，需要我们每个人都做出努力并坚持。只有我们每个人都珍惜自然资源、爱护生态环境，才能让我们的家园变得更加宜居。未来还很长，我们要继续努力，为生态文明建设贡献力量。

让我们携手前行，共同守护这条美丽的河流——东江母亲河。

世界工厂的新“稻”路

□ 杨沐蓉（东莞市虎门镇龙眼小学）

盛夏，我们一家乘坐穗深城际列车一路南行。当列车从洪梅站驶出不久，我们的目光被不远处从灰色钢筋水泥间冒出的一抹明艳的金黄碧绿色吸引住了。“这是我们这座‘世界工厂’的新‘稻’路呀！”爸爸赞叹说。

从车窗俯瞰，蜿蜒流淌的东江形成一道臂弯似的水带，环抱着大片金绿交错的稻田。七月骄阳给连片的稻米镀上了金边。白鹭振翅翻起阵阵稻香。妈妈说：“生长在田野滩涂中的动物不止它们，还有禾花雀和白鸽呢。”原来这片秀美的水乡稻田，是不少可爱生灵的美丽家园和富饶粮仓。

金黄碧绿的稻田美得让我不能忘怀。那天夜里，我做了一个美梦：夜幕降临时，飞鸟落在稻穗上窃窃私语，鱼儿蹦出水面呼吸着新鲜空气，蛙叫虫鸣此起彼伏，水边楼房的窗户透出温暖的灯光，这是多么和谐的一幅画呀。

和家人一起整理旅行照片时，我再次沉醉于水乡稻田的优美景色。我不解地问爸爸：“这片稻田不是从来就有的吗？那天您为什么说它是世界工厂的新‘稻’路呢？”“当然不是，你知道吗？这番动人的生态美景，凝结着多少城市生态建设者的巧妙构思和辛勤劳动……”爸爸说。

后来，我查找了相关资料，原来这还是一片有故事的稻田：六年前，这里曾是一派截然相反的景象，早期的城市开拓让这片区域变得破败不堪。凌乱的窝棚、支离破碎的耕地，让村民们失去了儿时记忆中江畔戏水、耕耘丰收的野趣。

为了重塑环境，人们决定利用当地的水道和绿洲等自然资源改善生态。了不起的水乡建设者迎难而上，拆棚架、退草皮、播种培育……终于为我们的城市增添了一抹明艳生动的金黄——这便是我们今天看到的洪梅水乡稻田。

这次观赏稻田，让我深切地体会到生态文明建设的重要。我为我们是一个善于同自然环境和谐共生的民族而自豪：我们的先辈因建郑国渠成就了“八百里秦川”，造都江堰而有了“天府之国”，把瘴气密布的雨林变作“江南水乡”。愿我们的城市在筑起世界工厂的同时，也为自然生态的建设开辟出新“稻”路，让我们繁华的城市也有动人心魄的绿水青山。

妈妈的环保袋

□ 谢卓颖（东莞市沙田镇中心小学）

星期天，我在抽屉里找东西时无意中发现了很多五颜六色的袋子，袋子上面画了一幅图：双手捧着一个地球，地球上长着两片叶子，还写着“环保袋”三个大字。咦，抽屉里放那么多袋子干什么呀？

妈妈下班回来了，我迫不及待地问：“妈妈，抽屉里放那么多袋子干什么呀？”妈妈说：“买东西用呀。”“买东西用塑料袋不就行了，干吗用环保袋？”我问道。妈妈说：“为了保护环境。我们的地球已经受到严重污染了，如果再不注意保护就来不及了。”我奇怪地问：“保护地球和塑料袋有什么关系？”妈妈语重心长地对我说：“孩子，你知道吗？塑料袋的确给我们生活带来了方便，但是这一时的方便却会带来长久的危害。塑料埋在地下好多年也不会腐烂降解，大量的塑料废弃物填埋在地下，会破坏土壤的通透性，使土壤板结，影响植物的生长。如果家畜误食了混入饲料或残留在野外的塑料，会因消化道梗阻而死亡。如果焚烧塑料废弃物，还会产生有毒气体，污染环境，对人体有害。人们把塑料给环境带来的灾难称为‘白色污染’，所以国家希望大家购物时尽可能不要使用塑料袋，用环保袋等可以重复利用的袋子。”

听了妈妈的话，我明白了：小小的袋子和环境息息相关。在生活中，我们不要使用塑料袋，使用环保袋。环保袋脏了，洗一洗，可以反复使用，多方便呀。我们一定要从自身做起，从小事做起，保护环境，让地球妈妈越来越美。

生态保护从“河”开始

□ 李昕桐（东莞市松山湖北区学校）

清晨的第一缕阳光洒落在河面上，散发出柔和的光芒。悄悄路过的风儿吹散了河面，荡漾出阵阵涟漪。在阳光与微风的合作下，河畔两岸的小树摇曳生姿，树影婆娑。天空如一块无垠而又纯粹的蓝宝石，就像在不经意间打翻了蓝墨水瓶渲染开的千丝万缕的蓝。新的一天，就这样从兴隆河开始了。

“一河两岸三丫水，万户千门廿四桥”这是东莞市道滘镇古老中心区河道的生动写照。兴隆河犹如一条碧绿的玉带，蜿蜒曲折，把道滘镇的好几个村庄紧紧地环抱在一起，孕育了勤劳俭朴的道滘人民。

晨霭云烟，兴隆河宛如薄纱遮面的少女，含羞玉立，静穆凝神。雨霁虹出时分，河面烟波浩渺，云蒸霞蔚。河面蜻蜓点水，野鸭嬉戏。春燕剪破了春意，宁静的河岸边渐渐热闹起来。岸芷汀兰，彩绘墙美轮美奂，岸边凉亭错落有致，放眼望去，目之所及皆是美好。

中午时分，骄阳正好。兴隆河水闪闪发亮，藏着如同繁星般耀眼的悠悠岁月。河边的大榕树绿意正浓，三五成群的老大爷在斑驳的树影下，围坐大石桌旁对弈。他们横马跳卒，车攻炮轰，你来我往，互不相让，难分难解，好不热闹。沿河骑行，感受夏日的张扬与热烈，叹绿树成荫，看波光粼粼，处处彰显着兴隆河的无穷活力。

傍晚时分，舟舸横掠，渔舟唱晚，落日熔金，暮云合璧。袅袅炊烟在夕阳的照射下熠熠生辉。虹桥粤韵的戏台上正传来阵阵粤曲声，老街坊们围坐在河岸拉家常、听粤剧、酌几杯……兴隆河水不紧不慢地流淌着，犹如向我们诉说着一个个关于岁月静好的故事。

兴隆河畔的日常何尝不是人与自然和谐共生的生动写照？兴隆河经过了一河两岸的改造后，迎来了涅槃重生，一幅美丽水乡的画卷正徐徐展现在我们的面前。我想：只有当你站在山巅，与日月星辰对话，潜游海底，和江河湖海晤谈，和每一棵树握手，和每一棵草私语，方知宇宙浩瀚，自然可畏。古人有云："人法地，地法天，天法道，道法自然。"天行有常，顺乎自然生，背乎自然亡，和谐共生，方能繁荣昌盛。

清风明月本无价，近水遥山皆是情。生态保护的序章，在兴隆河慢慢揭开……

微观世界中的奇迹

□ 刘子澄（东莞市南城第一初级中学）

昆虫，这些在我们日常生活中随处可见的小生物，却在生态系统中扮演着举足轻重的角色，是大自然中不可或缺的一部分。今天，就让我们一同走进这个神奇的微观世界，探索昆虫生态的奥秘。

首先，我们必须认识到昆虫种类的繁多。据统计，昆虫是地球上种类最丰富的动物群体，它们的数量远超其他所有动物种类的总和。从翩翩起舞的蝴蝶到勤劳采蜜的蜜蜂，从在地下建设巢穴的蚂蚁到枝头鸣叫的蝉，每一种昆虫都有其独特的生活习性和生存策略。这种多样性不仅丰富了生物圈，也为科学家提供了研究生物进化和适应性的宝贵材料。

其次，昆虫在生态系统中的作用不容小觑。许多昆虫是植物授粉的重要媒介，如蜜蜂和蝴蝶。它们在采集花蜜和花粉的过程中，促进了植物的繁殖，维系了生态平衡。此外，昆虫还是食物链中的重要一环，它们既是捕食者的猎物，也是分解者的食物来源。例如，蚂蚁会清理动植物残骸，有助于有机物的分解和循环。

然而，昆虫生态也面临着诸多威胁。随着人类活动的不断扩展，昆虫的栖息地正在逐渐丧失。农药的使用、城市化的进程以及全球气候变暖等因素，都对昆虫的生存构成了严峻挑战。一些珍稀昆虫种群的数量正在急剧下降，甚至有些已经濒临灭绝。这不仅是对生物多样性的巨大损失，也可能对整个生态系统造成不可预测的影响。

为了保护昆虫生态，我们每个人都应该行动起来。减少农药的使用，保护和恢复自然环境，是维护昆虫生态的重要举措。此外，通过科普教育提高公众对昆虫生态重要性的认识，也是至关重要的。只有当人们意识到这些微小生命对地球的重要性时，我们才能共同努力，为它们创造一个更美好的生存环境。

在这个看似微不足道的微观世界中，昆虫以其独特的生存方式诠释着生命的顽强与美丽。它们是大自然的精灵，是生态系统中不可或缺的一部分。通过深入了解昆虫生态，我们不仅能增进对自然界的认识，更能体会到人类与万物共生的真谛。让我们携手保护这些微小而珍贵的生命，共同守护这个星球的多样性与和谐。

昆虫生态，一个值得我们每个人去关注、去探究的领域。在这个神奇的世界里，每一个小小的昆虫都承载着大自然的智慧与奥秘。让我们用心去感受，用行动去保护，让这些微小生命在我们的世界中绽放出更加绚丽的光彩。

龙舟之乡山水秀

□ 陈书瑶（东莞市沙田镇中心小学）

每年的农历五月，在美丽的狮子洋畔，有一幅生机勃勃的画卷：白云悠悠，微风习习，青山层层叠峦，绿树成群，到处鸟语花香。只见碧绿的河水荡漾，犹如一条波光粼粼的带子，鱼儿在河中嬉戏，一条条威风凛凛的龙舟竞相飞渡，这里便是我的家乡东莞市沙田镇——全国第一个“龙舟之乡”。

山　清

星期天，我兴致勃勃地翻着书，看着书上的名山大川，有些无奈地说：“世上有那么多美丽的景色，可都离沙田太远了，去一次不容易。”爸爸看着我，摇了摇头：“那可不对，我们沙田也有山，叫阇西山。那里绿树成荫，景色优美，山虽不是很高，但也是我们‘龙舟之乡’独有的风景呢。”我很好奇，缠着爸爸问个究竟，他就决定带我去看看。踏进阇西山，我才真正感觉到这里是一个天然的大氧吧，鸟儿的歌声响彻整个山谷，郁郁葱葱的树木随处可见，漫山遍野的鲜果，飞舞的蝴蝶，采蜜的蜜蜂，真是一片勃勃生机。我才爬到山顶，爸爸就拉着我往下跑。“爸爸，再看一会儿吧！”我向爸爸说。可他却解释道：“不是在这里看，在山上有个更美丽的地方。”他拉着我爬到了半山腰，那里有个小凉亭，早已经不用了，柱子上爬满了又细又长的藤蔓，如世外仙境一般，我走上台阶，两边种满了花，风儿轻轻吹过，花瓣随风飘动，好似翩翩起舞的舞蹈家，我不禁赞叹道：“好像仙境一般，原来沙田也有这么美的风景。”“是啊，我小的时候，这里树木稀疏，夏天下暴雨还会山泥倾泻，危及山下的村民，是阁西村的村支书李大爷带领村民，用双手栽下一棵棵树苗，浇遍一座山的土地，植树护林，度过一个个春秋。他们为阁西山披上了绿衣裳，才有这美丽的山。”爸爸敬佩地说。我听了暗暗下决心自己也要做一个爱护树木的环保小卫士。

水　秀

一天早上，我约上几个好朋友一起到龙舟公园玩，玩累了就坐在河边休息。这时，烈日当空，好不容易才吹来一阵微风，河面泛起阵阵涟漪，一条小木艇缓缓行驶在河面中，我的邻居张爷爷正撑着小艇用网兜捞起湖面上的塑料袋、饮料瓶、落叶……我知道张爷爷又在清理湖面上的垃圾了。张爷爷年轻时是一名出色的龙舟运动员。去年夏天，他知道大湾区龙舟赛将在今年6月中旬举行，他主动申请当淡水湖的河长，每天起早贪黑，都撑着小艇，带上网兜去河里捞垃圾。想到这个，我大声喊道：“张爷爷好！把你捞的垃圾交给我们送它们回家吧！”张爷爷点点头，马上撑着小艇靠岸，我们把垃圾分类放好。这时，我对姐姐说：“我们写一封保护淡水湖的倡议书交给生态环境局局长好吗？”姐姐马上表示支持。张爷爷听了欣慰地笑了，对我竖起大拇指：“瑶瑶真棒！保护淡水湖，全民齐行动。”

人　欢

“来吧，来吧，朋友赛龙舟啊，来吧，来吧，朋友赛龙舟啊……”很快到了粤港澳大湾区龙舟邀请赛举行的日子。上午10点，湖边两岸彩旗飘飘，人们喜气洋洋，湖上锣鼓喧天，龙舟竞渡，场面十分壮观。中午1点，龙舟邀请赛圆满地结束了，我们沙田传统龙队取得了男女冠军，全镇人民欢呼雀跃，大家都说：这才无愧于全国第一个“龙舟之乡”的称号。这时，我听到来自中堂的一个运动员说今天比赛的环境很棒，水质很好，发挥得很出色，感谢沙田人民。张爷爷和护河的伙伴们听了热泪盈眶，我知道河湖保洁非一日之功，这是张爷爷以及许多护河工的劳动成果。

“舟楫为家，捕鱼为业，退潮而歌。”在代代传唱中，我们沙田疍家人靠水而活，龙舟文化伴水而生。作为一名沙田的新生代，我们要沿着这条路接着走下去，让沙田的山更绿，水更清，龙舟方能驶向更遥远的地方。

鸟鸣里的幸福

□ 潘思烨（中山市东区远洋中学）

我一直认为，鸟鸣是世间最美妙的音乐。我想这并不是因为我有多高的鉴赏力，而是缘于我和它们身上洗不掉的乡土味。

鸟是乡村的天使，是乡村用雨水和谷粒喂养出来的精灵。或是在幽幽暗暗的深夜，或是在淅淅沥沥的午后，抑或在平平淡淡的清晨，鸟儿总会站在我屋子的窗棂前，对着我说很多很多只可意会不可言传的话。鸟儿全然不怕我们，偶尔还会落到地上把大人们散落的谷子一颗颗翻出来吃掉。哪怕有大人经过，鸟儿也全然不理，仿若主人一般。

可爱的鸟儿吃饱喝足，便会出门去巡视领地。它们会在很短的时间内从一个路口前往另一个路口，从一家的房檐落到另一家的房檐，从一个村庄抵达另一个村庄。然后给自己找一个最舒服的地方，为这美好的一切倾情歌唱。那声音透着细瓷的质感清清纯纯地在空中飘扬。很多时候村里人都是只闻鸟声，不见鸟影。有时候我们甚至觉得那好听的声音是由树上的叶子发出的。有人说鸟声是树的花朵。若这样多好，满树叶子便变成了满树的鸟。这样想鸟儿与自然就有了一种隐隐的牵挂，隔着暮霭，似乎感觉那鸟鸣在夜风中微微摇动。

鸟儿的歌声略带暖意，很快就雾一样地在乡村里弥漫开来。水墨画般的村庄在熹微的白光中显现出模糊的轮廓，四周雾霭萦绕，看不出一切具体的具象。一个农家小院木门轻掩，屋檐下半圆碗状的鸟窝里燕子在呢喃，院子里的树枝叶间，成群的麻雀跳跃啁啾，细碎的鸣叫声催醒了昨晚贪玩迟睡的顽皮儿郎……

清代的张潮在《幽梦影》中说：“春听鸟声，夏听蝉声，秋听虫声，冬听雪声，白昼听棋声，月下听箫声，山中听松风声，水际听欸乃声，方不虚此生耳。”此种情境，城里的人只可在诗中画中略见一二，现实中是很难得见的。毕竟进了城的鸟雀哪有我们山里的青葱安身，哪有我们山里人的热情？更有甚者，它们有时甚至会有着低人一等的慌张。这样的它们哪里还能唱出优雅淡然的歌曲来呢？

想来现在鸟儿应该早就去到我的家乡歌唱了吧，毕竟那种乡土味里，歌声才更容易只有单纯的幸福。

走过红树林

□ 文若熹（湛江市赤坎区东盟城学校）

郁郁葱葱的红树林与波光粼粼的海水交相辉映，一阵柔和的海风拂过，漾起微微涟漪，荡过只只海燕，构成了一幅动人的美丽画卷——这里就是湛江红树林。

湛江的红树林分布十分广泛，10个县（市、区）都有串珠成链的红树林。赤坎金沙湾红树林片区离我家最近，闲暇之余，我都喜欢去这里看看，听听这些“海岸卫士”的故事。

沿着红树林栈道，我在这片绿意盎然的红树林里缓缓前行，每一次呼吸都充满了大自然的气息，每一步都踏在生命的脉络之上，我仿佛步入了自然界的乐章。阳光透过枝叶，洒在蜿蜒的小径上，形成斑驳陆离的光影，在这片充满生机的土地上编织出一幅幅生动的画面：海鸟轻盈地掠过这里的树梢留下欢快的歌声，鱼儿在清澈见底的水中自由游弋；新生嫩叶从母亲怀抱中探出头来，好奇地打量这个世界……这一切构成了生命中最美丽的诗篇。我在每一次呼吸、每一次触碰和聆听中得以深刻体会——保护好这方净土就是对地球最大的尊重与爱意。

此刻，我已走在红树林深处，时间在这里变得柔软而缓慢，它悄悄地见证了生命的循环——候鸟迁徙至此，在这里觅食、繁殖，享受着大自然的恩赐，在红树林里放声高歌。漫步于红树林间，呼吸着清新的空气，聆听着海浪的声音，嗅着大海的咸鲜味，我的心中涌起一股对家乡绿水青山美好环境的热爱之情，在这里，每一片叶子、每一缕光线都承载着不为人知的故事与智慧。这段徒步探索路程虽短，但却让我见证了生命的奇迹和大自然的伟大创造过程，更是心灵深处一次深刻的觉醒之旅。

走出红树林，回望来时路，我仿佛听见了时光之歌的尾声，每一片叶子都轻轻摇曳着，在为这次旅程画上完美的句号。透过每一棵枝繁叶茂的树，我都仿佛看到了甘于寂寞，扎根于此，守护茫茫林海，在绿美广东生态建设一线发光发热的他们——广东省五一劳动奖章获得者“护林人”谭鹰；“守‘木头’的人”李明霖；一人一舟一渡口——六代摆渡人接力扎根红树林的廉江市良垌镇渡头村党支部书记劳建伟、中国红树林国家级自然保护区管理局的专家学者等等，他们那些曾经看似平凡的经历如今变得无比珍贵。他们的事迹使我对于环境保护和生态建设的意义的理解更为深远而具体化了。环保和生态的价值不再只是书本上的文字或新闻中的报道，而是通过亲身体验深深烙印在我心间的一份责任与使命。我们要共建绿美家园，积极践行绿色低碳的生活方式，比如减少一次性用品的使用、倡导绿色出行、参与植树造林和环保志愿服务活动等。

“绿水青山就是金山银山”的理念已经融入我的血液之中。就像一颗种子埋入土壤后经历风雨洗礼最终破土而出一样，这不仅仅是我的一次徒步探索之旅，更是一次心灵的成长与洗礼，在这片充满生命力的红树林里，“环保”的种子悄然种在心田，生长出对地球母亲深深的爱与责任的果实。在这段旅途中收获的知识和感悟将伴随我在未来的日子里不断成长、壮大。这份对红树林深深的热爱将成为我人生道路上最宝贵的财富之一。感谢红树林给予的一切美好与启示，时光荏苒，但心中那份热爱与责任将永不褪色！

家乡的九洲江

□ 冯诗婷（湛江市第二中学霞山校区）

今天是阴历五月初四，外公八十一大寿，我们齐聚在外公外婆家里，为外公祝寿，期间外婆提议，明天下午有龙舟比赛，我们可以明天去看看。我连忙摆手摇头，“脏死了，小时候妈妈带我去过，那条江又臭又脏！我不去。”“才不是哩，待会吃完饭让妈妈带你去看看现在的九洲江吧！”

晚饭后，我和妈妈骑着小电驴前往九洲江。还没到江边，远远就看到一座白色的大桥已经取代了原来狭窄黑旧的水泥桥，横跨九洲江上，站在桥上远眺，缓缓流动的江水如同一幅流动的画卷，波光粼粼，荡漾着绿色的生命之色。妈妈指着远处的两条碧绿带，“那些树是保护海洋的小卫士！”我脱口而出，“啊，红树林！”妈妈告诉我九洲江的出海口那里还有一大片的红树林，是它们净化了海水、江水，让我们的九洲江更加清澈，它们由海洋小卫士变成了我们的河岸小卫士！

看着这生气盎然的大江，很难想象几年前江边的情景：当时河岸两边有很多工厂，大量的废水废气排放到河里；当地的居民也不爱护自己的母亲河，成堆的生活垃圾全堆积在岸边，还有很多垃圾被大风刮进江水里。每当人们行走到江边时，总能闻到一股刺鼻的恶臭味。

但是，现在的九洲江已经旧貌换新颜了！

从桥上走下来，我们走过了滨水平台，滨水景观带，来到了观鹭长廊，落日余晖中，我看到了一江碧水浮载的点点白鹭，岸边孩子的嬉笑声时不时会惊起河里捕鱼的白鹭，我忽然想起了李清照的一句诗：争渡，争渡，惊起一滩鸥鹭。有很多摄影爱好者争相拍摄白鹭群展翅飞翔时那优美的姿态。

我好奇地问妈妈：“为什么九洲江的变化会这么大呢？”

妈妈说：“是因为我们伟大的中国共产党。在党的领导下，人民意识到了经济的发展不能以破坏环境为代价，所以政府把原有的工厂搬迁了，修岸堤，种绿树，严禁人们往河中倾倒垃圾！污河变清澈，现在环境来之不易啊，我们一定要加倍珍惜它。”

夜幕降临，华灯初上，岸边两旁亮起五彩斑斓的灯，在灯光的照映下，江水显得宁静而柔和，我有点期待明天那清江碧水上热闹非凡的龙舟赛了！

美丽的露天矿生态公园

□ 柯靖童（茂名市东湾学校）

台风过后，天空像被洗过一样。我和家人来到了露天矿生态公园游玩。

我们从东门进入，首先看到的是巨大的火车头，旁边还有两台解放牌卡车。说起这个火车头，听我曾经在这里工作过的爷爷说，这是20世纪70年代从德国进口的内燃机火车头，它主要承担原料物资、进场物资配送的工作；解放牌卡车主要是用于矿产运输等工作。我连忙问爷爷："这里有什么矿产？"爷爷说："当时新中国成立不久，国家能源缺乏，全国各地寻找能源矿产，当时在我们这里，发现了可以燃烧的'石头'，就是我们后面说的油页岩。1958年，来自全国各地的十几万建设大军汇聚于此，和家乡人民一起开启了这段挖矿炼油的大会战。经过几十年的开采，茂名露天矿为缓解当时国家石油困难做出了特殊贡献！"我又问道："那油页岩现在在哪里？"爷爷指了指不远处的湖面说："就在那湖底下，经过多年雨水积聚形成了矿坑湖。"爸爸又说："经过政府多年治理改造后，现在的矿坑湖被称为'好心湖'了。"我不解地问："为什么它叫好心湖？"爸爸接着说："'好心'一词源于有着'中国巾帼英雄第一人'之称的冼夫人所说的一句'唯用一好心'。为了纪念冼夫人，所以将矿坑湖命名为好心湖。"

"好心湖"由于水体富含矿物质，矿坑的深浅导致湖水呈现出不同层次的颜色，在阳光照射下显得格外美丽。沿着绿道向前走，然后来到了小木屋，站在小木屋观景台向好心湖望去，十分壮观，犹如镶嵌在大地上的“绿宝石”，好看极了！

沿着小木屋继续向上走，路两边是树林，听爸爸说，每年政府都会组织市民来这里植树造林，如今的小树已经变成了大树，树上不时传来欢快的鸟叫声，似乎在和我们打招呼！

来到上面，首先见到的是一栋庞大的建筑，门口上方写道：茂名市露天矿博物馆。听爷爷说，这里曾经是洗矿车间，后来政府改造为茂名市露天矿博物馆，里面展示的物品都是跟露天矿开采有关的，记录了爷爷辈工作时期的那段峥嵘岁月！博物馆前方就有个广阔的草地，每到周末，人们会来这里野餐、放风筝、骑行等，在这里度过愉快的周末。

总的来说，从前的矿坑变成如今美丽的公园，由小见大，不得不说广东省的生态建设取得了显著的成果。然而，要持续推进生态建设，还需要每个人的参与和实际行动。相信在广大人民共同的努力下，广东省的生态环境将会逐步恢复和改善，让我们共同为绿美广东努力吧！

绿海深处的守护者

□ 梁栩珲（广州市第十七中学）

在粤北的群山环抱中，有一片深邃而幽静的林海，它仿佛是大自然最珍贵的宝藏，静静地躺卧在岁月的长河中。在这片林海的心脏地带，有一位名叫谭鹰的守护者，他如同一位隐世的侠客，用三十余载的光阴，编织着与这片绿色家园的深厚情缘。

谭鹰，一个外表朴实无华、却内心坚定的男人。他的脸庞刻着岁月的痕迹，眼中闪烁着坚定的光芒。他身穿一件褪色的迷彩服，脚蹬一双沾满泥土的军靴，行走在崎岖的山路上，每一步都坚定而有力。

1992年，年轻的谭鹰怀揣着对林业的热爱，来到了这片偏远的山林。那时的他，面对着艰苦的环境和未知的挑战，心中也曾有过动摇。然而，当他看到这片土地上先辈们造林大会战的遗迹时，他的心中涌起了一股强烈的使命感。他决定，要在这片土地上留下自己的足迹，为绿美广东生态建设贡献自己的力量。

在他的带领下，林场开始了艰苦的造林工作。他们面对着恶劣的自然环境，克服了一个又一个困难。他们亲手种植下了一棵棵树苗，用汗水和智慧浇灌着这片土地。经过几十年的努力，昔日的荒山已经变成了郁郁葱葱的林海。

如今，三岳省级自然保护区已经成为绿美广东的一张亮丽名片。在这里，茂密的森林如绿色的海洋般绵延起伏，清澈的溪流在山间欢快地流淌，珍稀的野生动物在林中自由穿梭。而这一切的美好景象，都离不开谭鹰和他的团队的默默付出和无私奉献。

在保护区内，谭鹰不仅致力于提升林分质量，还注重培养年轻的职工和志愿者。他常说：“年轻人是未来的希望，我们要让他们了解自然、爱护自然，为绿美广东生态建设贡献自己的力量。”

然而，谭鹰并未止步于此，他有着更高的目标和期待。他计划对保护区内的低效林进行改造和抚育，进一步提升林分质量；加强对古树名木的保护和管理，提升保护地的生态价值和文化意义；同时，他还将继续开展科普宣教工作，让更多的人了解自然、珍爱自然。

在绿海深处，谭鹰和他的团队将继续守护着这片绿色的家园。他们用自己的行动诠释着“人不负青山，青山定不负人”的深刻内涵。他们是绿美广东的守护者，也是大自然的守护者。

守护蓝色星球

□ 廖云泽（深圳市龙岗区南联学校）

茫茫长河里有一颗蓝色的星球，它如同一颗璀璨的蓝色宝石，镶嵌在深邃的太空之中，它是如此的美丽与特别。

在这颗蓝色星球之上有我的家，此时，我正趴在窗前深情地望着窗外的风景，湛蓝色的天空，一群飞鸟哼着歌从容地飞向天边，远处的青山格外美丽，一缕缕白纱似的薄雾萦绕在山间，潺潺的流水日夜不停地流淌着，清澈的水中成群的小鱼小虾相互追逐嬉戏。溪边树木郁郁葱葱，树荫下、草丛中迸发出勃勃生机。窗边的藤蔓上，一只蜗牛正在努力地往上爬，一切生命体都在为生生不息而努力。微风拂面吹来，我呼吸到的每一口空气都是那么的香甜，沁人心脾。

反观，我们放眼整个世界，就不那么和谐美丽了。同处亚洲的日本正在将福岛第一核电站核污染水排入大海，这极有可能给我们整个地球带来严重的生态灾难，被核污染的海水通过洋流带到了海洋的每个角落，破坏整个海洋生态链。

再来看俄乌战争、巴以冲突，多少生灵涂炭，冰冷的车轮压过曾经美丽富饶的家园。成片的森林化为灰烬，田野变得荒芜。黑色的烟笼罩着大地，遮住了蓝天。人们流离失所，动物无家可归。肆意的病毒在无形地传播，它使一个个鲜活的生命染病。饥饿与恐惧笼罩在处于战争泥沼的人们身上，哭泣与呐喊却无法唤醒冷血战争制造者的一点点良知。

我有幸生于华夏，目光所及，处处是欣欣向荣的景象，我们安居乐业，我们热爱环保，我们将沙漠变为绿洲，解决了沙漠治理的世界难题。我们将荒地改造为良田，解决粮食短缺的问题。我们改造城市污水管道，使得河水再次清澈。我们大力推广新能源汽车，大力发展绿色能源，太阳能、风能发电减少了碳排放。我们还提倡绿色出行，使得城市空气更加清新。习近平总书记曾说：“绿水青山就是金山银山。”

我们热爱和平，我们曾饱受战火摧残，因为我们淋过雨，所以我们愿意为别人撑起一把伞。我觉得我应该做点什么了，我要做一名环境小卫士，用自己微弱的力量去宣讲环境保护的重要性，我要做一个环境保护的接力者，将环保的精神继承发扬。一起行动起来吧，我的朋友！让我们高举和平与环保的明灯，去照亮世界每一个昏暗的角落，让每一个生命得到尊重，让每一位母亲不再哭泣，让每一个孩子脸上挂满纯真的笑容。让我们一起行动起来，守护这个蓝色星球，让她变得更蓝更璀璨。

梧桐山

□ 熊梁骥（深圳市高级中学龙岗学校）

在深圳的东部，有一座美丽的山峰，它就是梧桐山。梧桐山，被誉为“深圳的绿肺”，其外形似梧桐叶，因此得名。梧桐山拥有着丰富的自然景观，山峦起伏，绿树成荫，仿佛是画家笔下的水墨画。

梧桐山以其独特的自然景观，成为城市中的一片宁静绿洲。登上大梧桐山顶，可以俯瞰整个深圳市区，还可以远眺香港的山水。走在山道上，你还可以闻到花儿的清甜和空气的清香。不仅如此，你时常还能听到鸟儿在歌唱，蝉儿在鸣叫，这真是别有一番滋味。

当你抬头仰望，那云雾缭绕的山巅，仿佛是通往仙境的神秘门户。在那一刻，尘世的喧嚣与烦恼似乎都随风而逝，只剩下对大自然鬼斧神工的深深赞叹。随着时间的流逝，思绪渐渐飘远，家乡的轮廓在心中逐渐清晰，亲人的笑脸在记忆里温暖如初。那些你所珍爱的事物，也在这一刻，被赋予了新的意义和情感。

梧桐山的美，在于四季的变换。春天，山花烂漫，鸟语花香；夏日，绿树成荫，溪水潺潺；秋日，层林尽染，硕果累累；冬日，银装素裹，分外妖娆。美在植物，因为地处南亚热带，气候温暖，为植物生长提供了良好环境，这里有2000余种植物，其中不乏国家一级保护植物，如红豆杉、水杉等。美在动物，因为有丰富的植物资源，所以这里的动物资源也同样丰富多样，共计1000余种，也有很多国家一级保护动物在梧桐山留下足迹。

绿美广东，风采梧桐。在这片充满生机的土地上，每一片绿叶都承载着希望，每一条溪流都流淌着未来。我们的责任，不仅是欣赏这份自然之美，更是要成为它的守护者。让我们携手，以行动诠释对自然的尊重，以智慧引领生态的和谐。

在梧桐山的绿荫下，让我们共同书写一篇篇生态美文，让这份绿意和美丽，成为永恒的旋律，回响在热爱自然的心灵深处。

绿色珠海

□ 黎安翊（珠海市香洲区第十九小学）

珠海，是一座美丽的海滨城市。

走在情侣路上，微风轻轻拂过我的脸，吹起根根发丝，吹着海风，听着海浪声，耳边时不时传来海鸥的叫声，让人好不舒适。这些美丽的环境离不开人们的保护，比如，那些环卫工人，他们总是凌晨四五点就开始清扫城市，让城市变得干干净净，人们的素质也提高了不少。

但曾经的珠海，并不是这个样子的。有一次，我在路上走着，突然看到一个人故意打翻垃圾桶，让垃圾全部掉了出来，不仅如此，那个人还要猛踢一脚，将垃圾桶踢出老远，害得清洁工人将垃圾桶捡回来还要重新清扫路面。还有一次，空气中烟雾弥漫，经过了解才知道是工业排放和汽车尾气造成的。

当然，我说的这些情况都是以前的珠海。现在的珠海到处绿意盎然，空气清新。许多人有了环保意识，比如更换了电车，多骑自行车，多乘坐公共交通工具，大幅度减少了碳排放，这些都是我们努力改善的结果。在大家的共同努力下，珠海连续多年被评为“全国文明城市”“中国宜居城市”。

我相信，只要再努力几年，我们的珠海将会天更蓝，山更青，水更净，空气更清新！

躬身，迎来共生

□ 涂文洁（汕头市蓝田中学）

风吹过山巅，旷野的草躬下了身，湖面荡起涟漪。身将死之时，谁又知晓。

母亲的呼喊化作猎猎的狂风，泪水化作滔天的雨点儿，血液化作澎湃的洪水，连她的面庞，也蒙上了不该有的雾霾。

她的身躯变得破败不堪，在人类文明发展中，成为牺牲品。她所孕育的孩子，却反将利刃刺入她的命脉。

时代在进步，她目睹了中华民族五千年的灿烂文明，她见证了中华民族的快速发展，可是如今，她却已经是奄奄一息。

她所看到的，是她庇护的孩子们所犯下的无数罪恶；感受到的，是已变得龟裂的身躯所带来的疼痛；体会到的，是核污水在她体内的纵横。

有一天，当她睁开疲惫的双眼，她欣喜地看到，有一群群生于五星红旗之下的孩子，将她的每一分疼痛，牢记在心。

他们挺直了腰，高呼保护环境；他们躬下了身，拾起每页废纸，他们选择身体力行，植树造林、防沙治沙；他们推广环保技术，节约每一点资源……

他们像母亲那样，为环境而呐喊；像母亲那样，为浪费而哭泣；像母亲那样，为责任而血液沸腾。她的孩子们，让保护环境的重责一代又一代薪火相传，那是不灭的火炬，是燃烧的精神，是华夏儿女日复一日年复一年的坚持。

他们知道，只有躬身，才能迎来共生！

雄鸡鸣叫之时，旭日便升起了。

这是他们所能带来的，最好的礼物。

她感受着这份温暖，闭上了眼，微笑荡漾。

再睁眼时，她看到的一定会是牡丹盛放，飘舞着赤红的五星旗帜，是她的又一次新生。

他们向她保证，凭借着胸腔里的那抹朱红。

青山尚存志同存，碧色已死志未死。

母亲啊，请再给我们一点时间。

母亲啊，和我们一起，携手走向光明的路吧。

母亲啊，让微风将华夏儿女的志向，顺着白鸽离去的方向，散落进你的怀抱吧。

再生之鹭

□ 王子琳（佛山市顺德区拔萃实验学校）

周而复始，日月如斯。死而复生，四时之奇。

——题记

在绿意盎然的地带，白鹭翩翩起舞。它们轻盈地扇动着翅膀，在蔚蓝的天空中划出一道道动人的弧线，那洁白无瑕的身影，宛如天边纯净的云朵，让人心旷神怡。

我家阳台对面，是一片郁郁葱葱的绿林湿地。每当夕阳西下，白鹭归巢，它们的啼鸣声便在这片区域回荡。

然而，不知从何时起，那些清脆的鹭鸣声被机械的打桩声所取代，林子旁的水塘被绿色的塑料网覆盖，同样代表着自然的绿，白鹭们却不再盘旋其上。

日复一日，打桩的声音未曾停歇，窗外的绿意已被尘灰所笼罩。随着夜幕的降临，心情愈发烦躁。曾经波光粼粼的河面，如今却矗立起一座桥梁。它带来的并非江南水乡的宁静，而是机器运转的喧嚣。回想起往昔，白鹭在这片清澈的湖面上自由嬉戏飞翔，而那个如诗如画的天堂，如今却已不复存在。

随着科技的飞速发展，现代化的高楼大厦如雨后春笋般涌现，自然界的声音与美景似乎正逐渐被这些人造景观所取代。荀子曾说："草木荣华滋硕之时，则斧斤不入山林，不夭其生，不绝其长也。"

温室效应的加剧、汽车尾气的排放、空调的普及以及塑料的泛滥，这些都无情地侵蚀着我们赖以生存的自然环境。北极熊在逐渐消融的冰层上漂泊无定，寻找着生存的角落；南飞的大雁也被霓虹灯迷醉了心……

我们正在追求人与自然和谐共生的生活。《人民日报》曾提道：“生态文明同国家现代化、社会文明、个人发展息息相关。纵观整个人类发展史，生态兴则文明兴，生态衰则文明衰。生态环境没有替代品，用之不觉，失之难存。”绿色低碳的生活方式，将成为我们无法回避的选择，这是保护环境的重要途径。所以，我们从小就要树立绿色低碳生活的意识，积极参与环保志愿服务，共同为建设绿美广东贡献力量。

都说凤凰能浴火重生，我深信，白鹭也会在大自然的怀抱中，重新振翅，再次翱翔于天际……

低碳生活我能行

□ 罗以琳（仁化县实验学校）

今天，老师给我们上了一堂特殊的课，这节课的主题是“践行绿色低碳生活，共建绿美家园”。这堂课让我明白了，地球是我们赖以生存的家园，资源也是有限的。然而，随着科技的发展和人们生活水平的提高，能源消耗和环境污染问题也日益严重，因此，节能环保、践行绿色低碳生活就成为我们每个人义不容辞的责任。课后，老师给我们布置了一个作业，过一个绿色低碳的周末生活。

回家后我把课堂上学到的告诉了家人，动员全家人一起践行低碳生活。

星期六早晨，我起床去洗脸，改掉了原来直接用流动的水洗漱的习惯，用洗脸盆接水洗，水收集起来还可以用来冲卫生间，节约水资源。妈妈早餐煎了几个鸡蛋，我想起老师说过，鸡蛋壳可以给花草补充微量元素，于是就把鸡蛋壳碾碎放到了花盆中，循环利用，也不会产生新的垃圾。吃完早餐，爸爸要带我们去超市购物。临出门，我找妈妈要一个环保袋，妈妈不解地看着我，说：“超市购物，两三毛钱就能买一个大的塑料袋，何必这么麻烦从家里拿呢？”“当然有必要，我们老师说过塑料袋自然降解需要数十年或更长时间，会对土地造成严重污染，而且动物吃到塑料会生病甚至死亡，绿色生活当然要用环保袋呀。”我一本正经地对妈妈说。妈妈听后恍然大悟，马上给我找了一个大大的环保袋。

准备好了，爸爸拿着车钥匙就往车库方向走去。“哎哎哎，爸爸！我们的低碳生活可是倡导绿色出行的哟！要知道汽车所用的汽油可是从石油中提炼出来的，而石油是不可再生资源。”我大声说道。“为了响应我家大姑娘的绿色低碳生活口号，我们就走路去，这样既能减少资源浪费，也可以减少汽车尾气的排放，降低对环境的污染，还能锻炼身体，真是一举三得。”爸爸笑着回答。哦耶，爸爸真棒！

就这样两天过去了，我才发现生活中有那么多节能、低碳、循环利用资源的小妙招。绿色低碳生活在环保的同时，还为我们家省了不少钱呢！这个周末的生活体验也让我明白了低碳环保要从我做起，从身边小事做起，虽然我们一个人的力量微不足道，但是如果人人都能这样做，我们的环境就会越来越美！让我们大家行动起来吧！

绿水青山绘梅州

□ 邹进斌（梅州市梅江区伯聪学校）

在岭南的怀抱中，有一颗璀璨的绿宝石——梅州，她以温婉的姿态，诉说着人与自然和谐共生的故事。这里，层峦叠嶂，云雾缭绕；这里，溪水潺潺，稻田飘香。让我们一起走进梅州，步入一幅美丽的生态画卷，展望美好的未来。

山之韵

梅州的山，是自然的诗篇，每一座都蕴含着生命的律动。阴那山的巍峨，五指石的奇峻，还有那无数不知名的小山丘，它们有的连绵不绝，有的孤峰耸立，共同组成了梅州绿色的脊梁。在梅州的春天，万物复苏，山间百花齐艳，百鸟争鸣；在夏天，绿树成荫，凉风习习，成为避暑的天堂；秋风送爽时，硕果累累，五谷丰登，稻田中铺着金黄的地毯；冬天时虽没有雪，但满目的苍翠依旧生机勃勃，展现着岭南地区独有的风情。

水之灵

梅州的水，清澈见底，如一条条银色的绸带，穿梭在山谷之间，滋养了一方土地，也孕育了丰富多彩的生物。梅江悠悠，自北向南流淌，见证了梅州的历史变迁，也承载了无数人的乡愁记忆。沿河两岸，杨柳依依，渔舟唱晚，形成了宁静祥和的景象。那些隐匿于山林间的小溪、瀑布，更是用其独特的魅力，吸引着无数游客前来观赏，感受大自然的奇妙。

人之行

在这片美丽的土地上，梅州人民深知“绿水青山就是金山银山”的道理，他们用自己的行动践行着生态环保的理念。从日常生活的点滴做起，节约用水用电，减少一次性用品的使用，积极参与垃圾分类和植树造林活动。在这里人们推广着绿色生态文明建设发展，生态农业、乡村旅游等绿色产业蓬勃发展，既保护了生态环境，又促进了经济的可持续发展。

梦之蓝

展望未来，梅州将继续秉持绿色发展理念，加强生态文明建设，让天更蓝、水更清、山更绿。我们每一个人都期待着一个更加美好的梅州，一个人与自然和谐共生、绿色生态环境优美的美好家园。让我们携手并进，用实际行动守护这片绿水青山，为子孙后代留下一个更加宜居宜业的美丽梅州！

在这片充满希望的土地上，每一次呼吸都是对大自然的赞美，每一步脚印都是对大自然的尊重。梅州，正以她独有的方式，向世界展示着生态文明建设的成绩。

不辞长作东莞人

□ 伍悦天（东莞市南城第一初级中学）

每逢三月，我总要踏上那条熟悉的小径，为妈妈捡拾刚刚脱离枝头、还带着些许晨露的木棉花，妈妈会使用它来煲汤。寒来暑往，这些火红的花朵滋养了家人的味蕾，更见证了小区一隅别致的风景——口袋公园的悄然蜕变。

这个小巧而精致的绿色空间，巧妙地将木棉树和居民生活圈连起来，赋予小区新的韵味。春日里，木棉盛开，如火如荼，与周围精心修剪的灌木丛、错落有致的步道相映成趣，构成了一幅生动的春日画卷。夏日，浓荫蔽日，为过往的行人提供了一片凉爽的休憩之地；秋风起时，落叶铺金，踏上去沙沙作响，别有一番风味；纵是冬日，那挺拔的木棉树干也仿佛在诉说着坚韧与不屈，静待春归。

口袋公园不仅美化了环境，更为居民带来了舒适和便捷。清早，晨练的老人在这里打太极、跳广场舞，脸上洋溢着健康的笑容；傍晚，忙碌一天的人们带着孩子散步、玩滑梯，享受着亲子时光的温馨与惬意。小朋友们在木棉树下追逐嬉戏，欢声笑语在空气中回荡，人与自然和谐共生的美好图景就这样在这里得到了最生动的诠释。

我坐在公园的长椅上，听邻居伯伯讲述口袋公园的由来。他说，这得益于政府的“百千万工程”，是党和国家致力于改善民生、提升城市品质的具体体现。一砖一瓦，一草一木，都凝聚着我们对美好生活的向往和追求。昔日老师讲过的“绿水青山就是金山银山”鲜活地呈现在我的眼前，这个精巧的绿色空间，让我感受到人与自然关系的微妙转变——从过去的征服与索取，到如今的尊重与共生，这种变化是如此的鼓舞人心，更是逐步向居民展示了东莞坚持打造宜居城市的坚定信念与智慧规划。

不辞长作东莞人，这不仅仅是一句简单的感慨，更是我对这片土地、这个时代的深情告白。在这片充满生机与活力的土地上，我见证了城市的变迁，感受到了生活的美好，更体会到了作为东莞人的一份责任与担当。我愿与这座城市共同成长，用实际行动去守护这份来之不易的和谐与美好，让“人与自然和谐共生”的理念在我们每个人心中生根发芽，绽放出最灿烂的花朵。

水濂山的翠绿诗篇

□ 何昊扬（东莞市东城中海未来实验小学）

春天的脚步悄然到来，它轻轻拂过大地，唤醒了万物。在这生机盎然的季节里，我和家人踏上了前往水濂山的旅途，去追寻那份独特的绿意。

走进水濂山的大门，一股清新的空气扑面而来，仿佛置身于一个天然氧吧。两旁的大树郁郁葱葱，枝繁叶茂，绿意盎然。阳光透过树叶的缝隙，洒下斑驳的光影，为这片绿意增添了几分神秘感。耳边不时传来各种鸟儿的鸣叫声，清脆悦耳，仿佛在为我们奏响春天的赞歌。

沿着蜿蜒曲折的小径前行，道路两旁开满了各色的花朵，其中包括我喜欢的桃花。这些桃花如同害羞的少女，羞红了脸颊，娇艳欲滴。桃树上已经结出了小巧玲珑的桃子，它们身披绿色的绒毛，仿佛一个个绿色的小精灵，十分可爱。

再往前走，我们来到了山下一个宁静的湖泊旁。湖水碧绿如玉，清澈见底。水中的金鱼自由自在地游弋着，偶尔跃出水面，激起一圈圈涟漪。桥边，绿色的植物垂挂下来，宛如绿色的瀑布，它们的影子在水中摇曳生姿，为这片湖水增添了几分生机与活力。

我们继续沿着湖边的小径前行，不久便来到了一个狭窄的栈道。这条栈道仿佛一条黑色的巨龙，蜿蜒盘旋在山林之间。我们小心翼翼地行走在上面，两旁是郁郁葱葱的树木，它们层层向上生长，形成了一道道绿色的屏障。我好奇地想象着这片密林里是否隐藏着什么神秘的动物。

经过一段漫长的跋涉，我们终于来到了栈道的尽头。站在这个高高的平台上，我们被眼前的景象所震撼。只见绿水青山相映成趣，湖水在阳光的照耀下泛着金色的光芒。远处的瀑布如银河般飞泻而下，发出震耳欲聋的轰鸣声。一艘艘游船在湖中穿梭往来，游人们欢声笑语，享受着这美好的时光。而那成片的绿色则如同一块巨大的翡翠镶嵌在大地之上，构成了一幅美丽绝伦的水墨画。

站在这里，我仿佛置身于一个绿色的仙境之中。水濂山的绿让我陶醉其中，它不仅仅是一种颜色，更是生命的象征。它代表着生机与活力，代表着希望与梦想。我希望全东莞都能像水濂山一样处处充满生机与绿意，让我们的生活环境更加美好宜居。

山湖之间

□ 姚梦琪（东莞市南城阳光第四小学）

东莞水濂山，犹如一幅淡雅自然的水墨画。当你走近它，你会悄然发现它不一样的美。

那一山一湖，一碧一蓝，一静一动，相映成趣。山的崇高坚韧，湖的开阔包容，让这片山野更富灵动之美。山水相依，让“久在樊笼里”的都市人，生出一份“复得返自然”的向往，实属难得。

那山，层峦叠嶂，树木葱郁，映入眼帘皆是绿意，似乎只用绿色渲染，就足以让人流连其间。远远望去，它犹如一位年轻勇敢的小战士，高峻而雄壮。绿树草茵覆盖整一片山，到处都是绿色的着笔。山风送爽，隐约飘来一阵清新的花草香。固然它已经矗立世间久远，也曾经历沧海桑田，但当你站在那巍峨的山顶，你仍可以感受数千年前“手可摘星辰”的错觉，这时的它又不经意间露出一丝长辈的庄严。

那湖，隐藏在森林中，不轻易与陌生人碰面。你只需放下杂念，一心寻觅它那神秘的身影。拨开丛林，绕过云雾，只见它碧波荡漾，宽广而富有生气。她犹如一位包容万物的明媚女子，遗世而独立，假如再配上高贵的黑天鹅，时不时掠过湖面的白鹭，还有频频点水的蜻蜓，那更是一幅流动的画卷，真令人心旷神怡。

顺着隐逸山间的小路，你会发现水濂山不经意间的美。当你漫步丛林中，一路上都是清脆婉转的虫鸣鸟叫，你的心似乎也变得朗润起来。一抬头，清风徐来，轻轻地拂过你的脸庞，阳光正好，不冷不燥，你整个人只有平静与美好，仿佛被注入了全新的生命，只为那一刻所悟到的淡淡禅意。穿过绿丛，树叶的缝隙中隐隐约约透出蓝天白云的模样，阳光穿过树林，光影被树叶裁成千奇百怪的形状，洒在石阶上，斑斑驳驳，为游客带来一丝清凉。你的脚步在层层石阶上时过时停，石阶时窄时宽，心也变得浪漫而自在。

一山一湖，尽显自然之美；山湖之间，给人以疗愈的力量。

守护身边的“夜精灵”

□ 程宥钧（东莞市南城中心小学）

“新月挂林梢，暗水鸣枯沼。时见疏星落画檐，几点流萤小。”一直在古诗词中、在爸爸妈妈的童年回忆里，听说萤火虫的点点微光。幸运的是，在这个遍地是高楼大厦的时代，我在东莞见到了萤火虫。

这个周末，我来到水濂山森林公园，跟随向导车老师开启了本次自然探索的神奇之旅。出发前，车老师向我们介绍萤火虫的习性：“萤火虫一生要经历从卵、幼虫、蛹、羽化成虫的四个阶段，从卵到蛹期间就需要在枯叶下、泥土或水中蛰伏半年到两年时间，才能飞上夜空寻找生命伴侣。萤火虫喜欢生活在黑暗而且安静的地方，对生态环境的要求特别高。”说完，车老师就带领着我们，走进了夜晚的水濂山森林公园。

夜晚的水濂山森林公园格外安静、清幽。在夜晚的掩映下，我感觉自己进入“森林海洋”，周围的树木显得格外高大，在旁边还生长着各种各样的花花草草。四周安静得出奇，平时热闹的游览人流不见了，没有城市的喧闹，取而代之的是虫鸣声、鸟叫声。

我们越往前走，光线越暗，到最后几乎达到了伸手不见五指的程度。只有仔细观察四周，才能勉强看清路况。可我们走了好久，连个萤火虫的翅膀都没看见，我有些沮丧，心想：唉！怎么这么久了还没看见萤火虫啊。就在这时，不知谁轻声喊了一句“快看，那里有一只萤火虫。”听了这话，我们赶忙望向四周。果然，有一道亮光在夜空中一闪一闪，虽然很小，但亮得出奇，好似一只飞舞的精灵。这只萤火虫是这漆黑的暗夜中唯一的亮光。

接着，神奇的事情发生了，又一只萤火虫飞了过来，然后是第三只、第四只、第五只……最终形成了一大片耀眼的光芒。我们都被惊呆了，瞪大眼睛，细细观察着奇妙而又震撼的场面。

听说，萤火虫是一种环境指示生物，是生态环境的晴雨表。现在的夏夜，越来越多萤火虫在东莞的虎英公园、水濂山森林公园、大岭山森林公园璀璨飞舞。但是我想说，随着地球的环境被过度开发，萤火虫的栖息地也越来越少，我们要爱护环境，守护身边的“夜精灵”，让如梦如幻的萤火之光一直留在身边。

行走绿色路

□ 张桂菁（东莞市南城阳光第三小学）

近几年东莞的城市管理做得非常好，如垃圾分类、城市绿化、道路建设等。比如，在我家附近有一条绿色路，每当无聊时，我都会去那里走走。

在我的印象里，人行道是垃圾遍地，脏乱无比的，角落里还散发着恶臭，如果现在你还这样想，就大错特错了。

那天，我像往常一样在绿色路散步，空气清新无比，让人感到舒服。草丛里有很多无名小花，色彩鲜艳，和一旁的绿色小草形成了鲜明的对比，人行道上也种了许多大树，风一吹，叶子就发出沙沙的声音，还时不时飘落下来，飘到我的面前，叶子们莫不是想吃我嘴里的棒棒糖吧？树下的小草，摇头晃脑的，每一处都是生机勃勃，就像被组织在一起等待老师奖励的小朋友，每一簇都整整齐齐的。雨过天晴，太阳重新绽放笑容，一道七色彩虹挂在空中，万丈光芒照耀着春天的大地，大地上的一切都充满了生命活力。细细的嫩草上还挂着一颗颗晶莹的露珠，微风吹过，一颗颗水珠从草上滴落下来，像一个个滚动的珍珠。阳光照耀在水坑里，像给水坑打开了十二级的美颜。

你看，路边树木枝叶婆娑，绿荫匝地，枝干斜逸而出犹如画笔，稍高的长而纤细，亭亭玉立，宛如纤腰舞女；粗大的直接苍穹，撑朵绿云，仿佛举着整个春天。

我抬眼望去，这一望却让我的眼再也挪不开。碧空如洗的天空中，突然多了一些更为美妙的东西，柔软的好似棉花糖，可是更像一些纯洁的精灵，在蓝色的画布上演变着一个又一个奇迹。

云，快快慢慢，大大小小，白白淡淡，高高低低，没有一刻保持着相同的模样。仿佛是溃散崩离，又不像在溃散崩离中。一瞬间，变化着的云朵，在深蓝色的空中，以各式各样的姿态飘过。

我所描绘的，就是绿色路的大地和天空。这就是用“绿色”命名的道路，不一样的绿色路。闲暇时多走走这条路，我就亲近了绿色！

未来星球的绿色冒险

□ 卢芯芮（东莞市茶山镇第二小学）

在未来的某个星球上，有一片神秘的绿色森林。这里不是地球，而是一个名为“艾泽拉”的星球。艾泽拉星球上居住着许多友善的外星生物，它们和人类一样，都热爱大自然。

有一天，我作为地球的小使者，乘坐着星际飞船来到了艾泽拉星球。一下飞船，我就被这里的绿色美景深深吸引了。树木郁郁葱葱，鸟儿在枝头欢快地歌唱，小溪潺潺，一切都显得那么和谐美好。

在这里，我遇到了一个外星小朋友，他叫小艾。小艾告诉我，艾泽拉星球上的居民都非常注重生态保护，他们从不乱砍滥伐，也不随意捕杀动物。他们发明了特殊的能量技术，可以利用太阳能、风能等清洁能源，完全不需要破坏环境来获取能源。

在小艾的带领下，我参观了他们的学校和家园，真的太好玩了！他们学校有个智能垃圾桶，可以自动分类垃圾，这样就不会分错啦。还有他们的教室，窗户好大，老师说这样可以利用自然光，节省电，还保护眼睛呢。家园里还有一片小花园，里面种了好多植物，小艾告诉我这些都是生态友好的植物，可以净化空气。我学到了好多关于怎么保护环境的小知识，感觉自己也能为地球做一点儿贡献啦！

这次艾泽拉星球之旅让我受益匪浅。我意识到，保护环境不仅仅是地球人的责任，也是全宇宙生物的共同使命。我决定回到地球后，将我在艾泽拉星球学到的知识和经验分享给更多人，让大家都来爱护我们的地球家园。

遇见黄胸鹀

□ 张梓斌（东莞市清溪镇第三小学）

在岁月的长河中，有些身影悄然离去，只在记忆的深处留下一抹模糊的痕迹。黄胸鹀，这曾经隐匿于时光深处的精灵，多年的消失让人心生遗憾。然而，今年在洪梅千亩稻田的那次观鸟之旅，却让我与它惊喜地重逢。

洪梅千亩稻田，那是一片广袤而宁静的土地，微风轻拂，稻穗摇曳，仿佛大地在轻声诉说着岁月的故事。我带着期待与好奇，踏入这片充满生机的田野，希望能捕捉到大自然灵动的瞬间。

当那一抹娇小而独特的身影映入眼帘时，我的心猛地一颤。黄胸鹀，那是黄胸鹀！它那小巧玲珑的身躯，胸前一抹明艳的黄色，如同大自然精心绘制的一幅杰作。它在稻田边跳跃、觅食，时而抬头张望，时而低头沉思，仿佛在与这片土地进行着一场无声的交流。

那一刻，时间仿佛凝固，周围的一切都变得不再重要。我静静地站在远处，生怕惊扰了这来之不易的重逢。黄胸鹀的出现，不仅仅是一个生命的回归，更是东莞生态建设已取得良好成效的有力见证。

曾几何时，快速的发展让我们忽略了与自然的和谐共处，生态环境遭到了破坏，许多珍稀的物种渐渐消失在我们的视野中。然而，东莞以坚定的决心和不懈的努力，践行着绿色发展的理念，积极推进生态保护和修复工作。如今，绿树成荫的公园、清澈见底的河流、生机勃勃的田野，都成为东莞最美的名片。

黄胸鹀的归来，让我们看到了人与自然和谐共生的希望。它在这片稻田里自由自在地生活，是对东莞生态环境改善的最好赞美。这也让我们深刻地明白，人类并非地球的主宰，而是大自然的一部分。只有尊重自然、保护自然，才能让我们的家园更加美丽，让更多像黄胸鹀这样的生灵重新回到我们的身边。

当我离开洪梅千亩稻田时，黄胸鹀的身影依然在我的脑海中挥之不去。我知道，这次遇见，不仅仅是一次简单的邂逅，更是一个美好的开始。相信在未来的日子里，东莞的生态建设会不断取得新的成就，人与自然的和谐画卷会更加绚丽多彩。让我们共同守护这片绿色的家园，期待更多美好的遇见。

变废为宝的魔术师
——我的妈妈

□ 钟智坤（东莞市大朗镇培兰小学）

在我们温馨的小窝里，藏着一位不折不扣的“绿色守护神”——我的妈妈，她可是家里的头号“环保卫士”哦！这可不是随便说说的，妈妈的环保行动，就像一股清新的风，吹遍了家里的每一个角落，悄悄地在每个人的心田种下绿色的种子。

要说妈妈的环保秘籍，那“物尽其用”的本领可真是让人叹为观止！每当厨房里水龙头欢快地唱完歌，妈妈就会施展她的“魔法”，把那些看似无用的洗菜水统统收集起来，变成厕所里的“节水小英雄”。而我呢，以前洗完手总爱潇洒地一抽纸巾擦手，擦完随手一扔，妈妈就会笑眯眯地“唠叨”：“嘿，小家伙，这纸巾还能再上岗呢！擦擦桌子，去去油渍，它不香吗？”我起初还嘀咕：“至于嘛，一张纸巾而已。”妈妈却笑眯眯地说：“环保嘛，就得从点滴做起！”

更绝的是，妈妈出门从不向塑料袋低头，总是带着她的“百变布袋”，购物时优雅地一展身手，让“白色污染”绕道而行。这布袋，简直就是妈妈对抗塑料污染的“秘密武器”！

说到变废为宝，妈妈可是高手中的高手！厨房里的剩饭剩菜，在妈妈的手下摇身一变，成了阳台上花草的“营养大餐”。那些被遗忘的快递盒，经过妈妈的巧手改造，瞬间化身为既实用又美观的收纳神器。就连空瓶子也不放过，摇身一变成了迷你笔筒，或是搭配上旧报纸，变成一件件独一无二的花瓶艺术品，点缀在阳台上，美得让人心醉。每当这时，我都会惊叹："哇，原来这些'废品'是隐藏的宝藏啊！"

妈妈常说："咱们每个人的力量虽小，但要是大家都行动起来，那就是一股不可小觑的绿色力量！"她用自己的行动，给我上了一堂生动的环保课，让我明白，保护环境，从我做起，从身边的小事做起，每个人都能成为守护地球的小小英雄。

看，这就是我家的"环保卫士"，一个用行动诠释绿色生活，让家充满爱与希望的超级英雄！

我们的未来家园

□ 岑谨瑜（东莞市石龙龙城外国语学校）

我设想不久的将来，我们的家园将是一个充满创意和生态文明的地方。这个家园不仅充满了智能科技，更融入了绿色环保的理念，让我们的生活更加美好。

进入这个家园，首先映入眼帘的是一片绿意盎然的生态公园。公园里的植物都是由智能机器人精心照料，四季如春，充满了生机。这些机器人还能根据天气、季节和植物的生长状态，自动调整光照、水分和营养，让每一棵植物都茁壮成长。

在这个家园，还有一种独特的生态建筑。这些建筑的外墙采用了绿色植被，形成了一个自然的隔热层，既能保温又能降温，极大地节约了能源。而建筑内的电力供应，则全部来自屋顶的太阳能板，真正实现了自给自足。

我们的家园还设有智能化的生态系统。生活中产生的垃圾，会被智能分类回收，有用的资源会被再利用，有害的物质会被无害化处理。而我们的日常生活用水，也是经过智能净化后再利用的，避免了水资源的浪费。

在这个家园，我们与自然和谐共生。人们都意识到保护环境的重要性，自觉地减少污染，节约资源。而我们的生活也更加美好，空气清新，水质纯净，食物有机，让我们感受到了生活的美好。

我相信，只要我们共同努力，这个充满创意和生态的家园，一定会成为现实。我们的未来家园，将会是一个绿色、智能、和谐的世界，让我们期待这一天的到来。

灵性自然，你我同游

——大岭山森林公园游记

□ 陈子宸（东莞市沙田镇第二小学）

那天，爸爸和妈妈在聊20分钟公园效应，决定带我和妹妹一起到大自然去瞧瞧。我们一路欢欣雀跃地哼着小曲儿。山路弯曲，我们坐在车里就像坐过山车。我的心也像坐过山车一样兴奋。路过一个大石头，妹妹问妈妈那个石头上写的什么字，没等妈妈开口，眼尖的我大声喊道："大岭山森林公园。"没一会儿，爸爸俏皮地说："王子、公主请下车，到了。"

一下车，那满眼的绿色世界，就像一个神秘的世界向我招手。

我们沿着进门的小路一直走，路边的小草热情地向我们打招呼，小手摇摇晃晃的。还有那些五颜六色的野花，好像发卡一样乖乖地别在草地上，特别好看。路两旁的树木高大而挺拔，树叶在微风中沙沙作响，我们好像进入了爱丽丝奇妙的世界。再往里走，我们听到了一阵阵的鸟叫声。顺着声音找过去，看到几只半黄半绿的小鸟在树枝上欢快地跳动着。它们的羽毛在阳光的照耀下闪闪发光，就像是爱丽丝奇妙世界里的精灵！走着走着，我听到了潺潺的流水声，往前跑去，发现了一条清澈的小溪。溪水欢快地流淌着，水底的石头清晰可见，"这里会不会有螃蟹呀？哥哥！"妹妹期待地问我，"我们下去找找吧！"我也跃跃欲试。

我们脱下鞋袜，挽起裤脚，小心翼翼地走进溪水里。那溪水凉凉的，特别舒服。水里果然好多宝贝，我弯下腰，准备抓鱼，这里的小鱼机灵得很，哧溜一下就游走了。螃蟹也都躲在石头缝里，很难发现。我瞪大眼睛仔细找，终于让我发现了一条小鱼，我悄悄地把手伸进水里，慢慢靠近它，然后猛地一抓，哎呀！跑了。这也太难抓了吧。爸爸看到我气馁的样子，冲我招了招手，原来凭着丰富的经验，爸爸找到了一块大石头，他小心翼翼地把它搬开，哇，我的眼睛一下子亮了起来，下面藏了好几只张牙舞爪的螃蟹呢！不过我可不怕，我避开它的钳子，抓住它的壳，瞧，这不就毫不费力地抓住它了？

在这一刻，我真正体会到了人与自然和谐共生的美妙，大岭山也太好玩了，真希望再多来几次，我们可要好好保护它呀！

龙舟逐梦，寒溪新韵

□ 彭泺锶（东莞市茶山镇第二小学）

端午节，是中国传统节日之一，每逢端午，东莞的河面上总会响起激昂的锣鼓声，龙舟竞渡，水面翻腾，桨影如飞。龙舟破浪前行，鼓声震天，选手们齐心协力，汗水与河水交织。观众喝彩声此起彼伏，热烈的气氛弥漫在河岸。然而，在这热闹非凡的节日背后，我却被爷爷讲述的关于茶山寒溪河的故事深深吸引。

茶山寒溪河，是东莞的一条重要河流，它见证了东莞的变迁与发展。爷爷说，在他年轻的时候，寒溪河清澈见底，鱼虾成群，两岸绿树成荫，鸟语花香。每当端午佳节，河面上都会举行盛大的龙舟比赛，人们欢呼着，为各自的队伍加油鼓劲儿，河水和着锣鼓声，也变得更加欢快了。

然而，随着城市的快速发展，工业污染和生活垃圾逐渐侵蚀了这条美丽的河流。寒溪河的水质开始下降，鱼虾的数量也逐年减少。爷爷说，他每次看到这样的变化，心里都感到十分痛惜。

幸运的是，近年来，东莞市政府加大了对生态环境保护的力度，对寒溪河进行了全面的治理。通过清理河道垃圾、加强污水处理、恢复河岸植被等措施，寒溪河的水质得到了明显的改善。如今，寒溪河虽然不是爷爷年轻时的模样，但已经可以看到鱼虾在水中畅游，两岸的绿树也重新焕发出了生机，端午节的龙舟比赛再次在寒溪河上举行。

站在寒溪河畔，我深深地感受到了生态环保的重要性。每一条河流、每一片森林、每一块土地，都是我们赖以生存的家园。只有我们每个人都行动起来，共同守护这份美丽与宁静，才能让我们的家园变得更加美好。

茶山寒溪河的故事，不仅仅是一段关于河流变迁的记忆，更是一曲生态环境保护的赞歌。让我们携手共进，为保护我们共同的家园而努力。

运河的故事

□ 蓝诗莹（东莞市莞城平乐坊小学）

我家旁边有一条运河，如今的运河充满生机，无比清澈，运河宛如一条翡翠项链，将城市的繁华与宁静巧妙地串联起来。

夏天的傍晚，我和母亲吃完饭后，都会漫步在东莞运河边。天空微弱的光线洒在河面上，波光粼粼，运河上仿佛有一双眼睛正对路过的人调皮地眨着眼。一阵微风吹过，运河旁边的树轻轻摇曳，发出一阵沙沙声，它似乎在向我们诉说运河近些年经历的忧伤与喜乐。

我们沿着运河边慢慢地往前漫步。斜阳微风中，我发现运河的人气挺足的。柳树下，有几位老人正坐在石凳上谈天说地，不时传过一阵愉快的笑声。一位叔叔穿着跑步鞋迎面向我们跑来，他的半个身子被夕阳的余晖笼罩着，眼睛炯炯有神，精气神十足。看！河岸边还有三五个垂钓者钓着鱼，他们是多么悠闲呀！鱼在鱼竿上活蹦乱跳，我猜他们一定不想离开运河的怀抱。

作为一名土生土长的老莞城人，母亲常常感慨地对我说起运河的故事："在我小的时候，运河的水是很清的，70年代人们还能畅游运河，运河的早晚景色都是一幅美丽的画卷。后来由于人们环保意识淡薄，运河遭受不断的污染，逐渐变成一条臭名昭著的臭水河，河水很浑浊，河水上还有许多垃圾，运河里本有千千万万条活泼的小鱼，可都变成了死鱼。路过的人都不敢靠近运河，因为太臭了，人们都要绕着走。"母亲又说道："近几年，东莞市政府大力推进生态文明建设，将绿色理念融入城市发展的方方面面。政府决心对运河进行大规模清理，还严禁排污、禁止把垃圾丢到河里，运河才一天天地变回了原来的模样。”

我一边听妈妈讲着运河的故事，一边饱览着眼前的景色：是啊，如今的运河，河水不再浑浊，不再恶臭难闻，人们常常在这散步、跑步、跳舞……运河，又成为我们绿色生活的新去处了。

运河水缓缓地向前流淌，近些年，它的华丽转身见证了东莞从过去的工业城市向绿色生态城市的转变，运河水越流越清，流出了属于东莞的“绿水青山”，未来，运河还将继续流淌，讲述它与东莞的故事……

我在心里暗暗发声：作为一名少先队员，我们更应该大力传播生态文明主流价值观，拒绝破坏，崇尚环保，让生态文明引领未来。

大气——地球的“外衣”

□ 肖雅辰(东莞市南城中心小学)

星期六，爸爸带我参观了东莞市大气环保体验馆。在那里，我跟着“云小宝”深入了解了大自然中一种神秘的物质——大气。它是一种看不见、摸不着却又无处不在的地球保护外衣。

大气如同地球的“外衣”，紧紧地包裹着这颗蓝色星球。如果没有了它，人类就难以生存下去，可见它的重要！那它究竟有什么作用呢?说起来可多啦！它不仅阻挡了太阳到达地面的热量和有害辐射，还为我们带来了多姿多彩的天气和气候变化，让人类得以舒适地生存。如果没有大气，人类将会面临巨大的灾难。没有大气的保护，天空将永远黑暗；没有大气的调节，早晚温差会更大；没有大气的传递，声音就无法传播……总之，没有大气，就没有人类生存的空间。

但是，近百年来，由于工业、科技的高速发展，我们的大气也受到了前所未有的破坏。我在场馆内的科普墙上了解到“全球每100个人中就有90个人呼吸着被污染的空气”“每年有700万人因为空气污染而死亡，其中有60万是儿童”。这是多么骇人听闻的数字啊！它时刻提醒我们：大气污染就在我们身边。

那么，大气污染是怎么形成的呢?我带着好奇继续参观，寻找答案。原来，大气污染可以分为四大类，分别是交通污染、工业污染、农业污染和生活污染。例如，行驶车辆排放的尾气、工厂排放的废气、农作物的施用化肥和生活中的垃圾焚烧等都在长年累月的危害着大气安全。

参观结束，我不禁想，像我这样的小学生可以为大气保护做点什么力所能及的事情呢？出行时是不是可以选择尽量乘坐公共交通，减少尾气排放。生活中做好垃圾分类，减少垃圾对环境的污染和破坏。除此之外，我还了解到："碳排放也是导致大气受到污染的原因之一。据计算，每消耗100度电时就会排放78.5千克二氧化碳，要种一棵树来补偿。"可见生活中每一件不起眼的小事都可能影响大气污染。

可喜的是，国家近年来十分重视大气保护和生态平衡，出台了许多相关政策。例如，在参观中我就了解到国务院印发的《2030年前碳达峰行动方案》，部署"碳达峰十大行动"，如能源绿色低碳转型、绿色低碳全民行动等，大力推动、呼吁人们保护大气和生态环境。

地球是我们赖以生存的美好家园，大气是地球保持生机勃勃的"外衣"。而我们更应该成为美丽家园的保护者，坚持低碳生活，减少废气排放。让人与自然和谐相处，让绿水青山造福我们的子孙后代。

飞向梦想的翅膀

□ 冯梓铖（东莞市莞城步步高小学）

2023年的12月，东莞市莞城步步高小学的一群学生参加了东莞市生态环境局和教育局组织的一场特别竞赛——第七届中小学观鸟比赛。这是一场不同寻常的比赛，它不单单检验我们的知识和技能，更是一次环保教育和亲近自然的实践活动。

在正式观鸟比赛之前，两位科学老师特地为我们进行了一系列有关环保和鸟类知识的培训。课堂上，我们不但学习了鸟的种类、习性及其对生态系统的重要性，还了解到，每一种鸟都扮演着其独有的角色，维持着自然界的平衡与和谐。当然观鸟技巧也是培训的一部分，老师教授我们如何使用望远镜，如何记录观察到的鸟的种类和数量，以及如何保持安静以免打扰到这些大自然的小精灵。

随着比赛日的到来，每个学校组成的队伍带着兴奋的心情走进了自然。他们分散在松山湖公园或绿地中，用稚嫩的目光去寻觅和观察平常鲜少注意到的鸟儿。有的同学发现了快速在枝头跳跃的暗绿绣眼儿，有的听到了悠扬的八声杜鹃歌声，还有的幸运地看到了珍贵而优雅的白鹭。我们仔细记下每一次观察的时间、地点以及鸟类的行为，努力完成自己的观鸟日志。

观鸟的过程中，我们不仅学会了如何观察和欣赏自然，更重要的是学会了如何保护自然。我们了解到，即使是小小的观鸟活动，也需要遵守环保的原则——比如不随意丢弃垃圾，不破坏鸟儿的栖息地，不制造噪音干扰鸟儿的正常生活。

比赛结束后，我们的队伍虽然没有获得显著的奖项，但能在分享会上畅谈自己的观鸟体验，每个人的脸上都洋溢着满足和自豪。大家讨论自己观察到的鸟类，讲述跟着鸟儿飞行的奇妙经历，有的同学甚至提出了自己在环保方面的小小建议。

观鸟之旅不仅是一次比赛，更是一次生命教育的实践，是一次心灵与自然的对话。我们获得的环保意识和爱护自然的责任感是任何奖项都无法比拟的。这样的经历，对于我们的成长来说，是宝贵的财富。未来，我们定会将这份热爱和保护自然的心，带到更广阔的天地，成为环保事业的小小践行者。

观鸟趣事

□ 曾鑫婷（东莞市常平龙程小学）

清晨的第一缕阳光洒在我的窗前，空气中弥漫着清新的草木香。我站在阳台上，观察着院子里的各种鸟儿。有叽叽喳喳的麻雀，有悠然自得的鸽子，还有一只独特的珍珠鸟。

我注意到珍珠鸟在桌子上忙碌地寻找食物，它小小的眼睛里闪烁着聪明的光芒。突然，它跳到了桌子上，轻轻啄食着桌角的残渣。看着它那萌萌的样子，我不禁笑了。

为了更好地观察这只珍珠鸟，我决定为它找些食物。我准备了一些面包屑和水果，放在了桌子上。珍珠鸟似乎很喜欢这些食物，它欢快地跳来跳去，用小嘴巴吃得津津有味。看着它那满足的样子，我心中也充满了喜悦。

就在这时，珍珠鸟突然飞到了我的肩膀上，用它那柔软的小爪子轻轻触碰我的脸颊。我感到有些惊讶，但更多的是感动。妈妈走过来，轻轻地抚摸着珍珠鸟，笑着说："看来它已经把你当作了朋友。"

听着妈妈的话，我陷入了沉思。珍珠鸟对我如此信任，这是对大自然的信任，是对人类的信任。我们应该如何回报这份信任呢？

妈妈接着说："大自然是我们的朋友，也是我们的家。我们应该珍惜与大自然的关系，保护好每一个生物。"听着妈妈的话，我心中下定了决心。

从那天起，我更加热爱大自然，更加珍惜与大自然的关系。我决心要为保护环境、保护动物做出自己的贡献。因为我知道，只有人与自然和谐共处，我们的生活才会更加美好。

大自然是我们的母亲，我们应该像珍珠鸟那样，用心去感受她，用爱去呵护她。只有这样，我们才能真正地与大自然建立起深厚的友情，才能真正地享受到大自然带给我们的美好。

青山如黛　绿水长流

□ 卢芷嫣（东莞师范学校附属小学）

我是一只白鹭，对居住环境的要求极高。过去，我只在遥远且生态优美的偏远地区筑巢，然而，一次偶然的飞行，让我与东莞这座繁华都市结下了不解之缘。

那是一个阳光明媚的日子，我和伙伴们误入了东莞的一个城市公园。公园内，柳丝轻拂，湖面如镜，倒映着连绵起伏的山峦，一山青，一山绿，美不胜收。湖面平静如镜，树木的倒影在水中摇曳，仿佛一幅富有动态的山水画。那山顶的灯笼，更是为这幅画增添了几分生动与趣味。

我们尽情地在湖面上嬉戏，时而振翅高飞，时而俯冲而下，激起层层水花。阳光下的鱼儿闪着银光，我常常伫立水边，出其不意地啄起一条小鱼，惬意至极。夜幕降临，灯火初上，湖面倒映着万家灯火，如同无数条金龙在游动，给晚间的公园又增添别样的风趣和烟火气。

在东莞的日子里，我们见证了这座城市的美丽与变化。第二天清晨，天还没大亮，雾气茫茫，周围的事物在一片白雾中若隐若现，我们还没睁开眼，却被一声声清脆“唰—唰—唰”的声音给吵醒了，原来是环卫工人在打扫公园，他们默默地清扫着街道，为这座城市带来整洁与美丽。中午，烈日炎炎，洒水车穿梭在街头巷尾，为城市降温，为树木洗尘。

更让我们惊喜的是，东莞这座城市对垃圾分类的重视。红、蓝、绿、灰四种颜色的垃圾桶整齐地排列在路边，引导着市民正确地分类投放垃圾。这样的举措不仅减少了资源的浪费，还保护了我们的生态环境。

经过几天的游玩，我和伙伴们被东莞的生态环境深深吸引。我们决定在同沙生态公园定居，与这座城市共同呼吸，共同成长。我们将用自己的行动，共同呵护这片土地，协助东莞共建生态文明。

青山如黛，绿水长流。在这里，我们感受到了人与自然的和谐共生。我们欣赏着“草长莺飞二月天，拂堤杨柳醉春烟”的春景，品味着“接天莲叶无穷碧，映日荷花别样红”的夏韵，领略着“落霞与孤鹜齐飞，秋水共长天一色”的秋意。我们将与东莞一起，感受着“无惧岁寒，四季常青”的冬景，见证四季的更迭，体验生命的奇迹。

走进奇妙的大自然

□ 张梓萱（东莞市石龙镇中心小学西湖学校）

踏入大自然的那一刻起，我看到了鸟语花香，花草树木，世界万物。一阵清风吹拂过我的脸颊，犹如母亲轻轻撩起我的发丝，山溪叮叮咚咚，如同一曲动听的儿歌，翠绿的小草在一旁舞动着双臂，像极了一群正在玩耍的孩子，是谁一声欢笑把水珠抖落，睁眼时只见一棵棵绿油油的小树，枝干上住着一窝又一窝的鸟儿，叽叽喳喳，是谁把唯一肥美的小虫儿叼走了？哦！原来是鸟妈妈！

树抽出了新的嫩叶，披上了新的衣裳。走进花丛，我们看见了一只只蝴蝶在空中翩翩起舞，像极了舞蹈家在跳着优美的舞蹈。

小鱼小虾，在水里摆动着身姿，走进森林，一片片郁郁葱葱、高大的树木笔直地站立着，阳光从枝叶交错的缝隙间洒落下来，洒落在花丛前、泉水里，如同跳跃的精灵，地面上堆积着厚厚的落叶，轻轻挖开厚厚的落叶，我们可以发现地面上冒出来一片片树苗。

来到泉水旁，泉水潺潺流淌，清澈见底，可以看到水底的沙石和游动的小鱼。泉水抚摸着岸边的石头，发出一种悦耳的声音，仿佛在和石头说着悄悄话，泉水上倒映着蓝天和白云和岸边的绿树苗，像极了一幅美丽的画作呢！

大自然的美妙不仅仅在于它的景色，还在于它所赋予我们的力量和启示，在大自然里我们感受到了生命的顽强与坚韧，看到了万物的生生不息和生机勃勃！花朵在风雨中悄悄绽放，小草在石缝中生长，小树苗长在房顶上艰难的生长……它们都在努力地展现着自己的美丽与价值。

大自然也让我们懂得了要给予它足够的尊重和保护，珍惜这来之不易的美丽！

大自然是一本永远翻阅不完的神奇之书，里面蕴含着无穷无尽的奥秘与魅力！我爱大自然！

我的生态之城

□ 蔡熙妍（东莞市麻涌镇大步实验小学）

东莞是一座年轻之城、生态之城，生机勃勃、生意盎然，就像“日出江花红胜火，春来江水绿如蓝”，朝阳的艳丽；“接天莲叶无穷碧，映日荷花别样红”，荷花的娇洁；“碧玉妆成一树高，万条垂下绿丝绦”，杨柳的柔美。

高楼矗立，汽车穿梭，随着东莞城市的高速发展，也曾带来了生态环境的破坏。“绿水青山，就是金山银山”，如今，我们东莞意识到生态保护的重要性和迫切性，从上至下重视生态保护，大力投入，全民动员。

我的家乡东莞麻涌镇，有一个国家级的湿地公园——华阳湖国家湿地公园，这个公园的兴起历程就是麻涌对生态环境保护的最好见证。水乡麻涌也曾经历过城市发展带来的生态破坏，随着可持续发展理念的深入影响，我们麻涌人决心打赢生态保护之战，以建设华阳湖国家湿地公园为标杆，逐渐推广到全镇各村。

曾经的华阳湖湿地公园所在地工业污水、养殖粪水、生活废水，排入河湖，臭气熏天，鱼虾绝迹，生态破坏严重。经过镇政府和全镇人民20年的不懈努力，终于把一个死水塘建设成为国家4A级的湿地公园。如今的华阳湖湿地公园湖中波光粼粼、湖水清澈、游船穿梭；湖边鸟语花香、花团锦簇、小桥流水。每到周末，人们不约而同聚集到这里，野餐露营、风筝飘荡、骑车跑步、散步休闲、放声歌唱……好一幅生机盎然的画卷。华阳湖湿地公园的巨大变化是麻涌更是东莞对生态环境保护的成功典型案例。

作为小学生的我，从小生活在优美的城市里，“保护生态环境，共创美好家园”，永远是我们奋斗的目标。我对自己生活在这样的生态之城而感到骄傲和自豪。

守护寒溪河

□ 丁子淇（东莞市常平第四小学）

我做了一个长长的梦。梦中，我是一条小鱼。我和家人无忧无虑地生活在寒溪河里，清澈的河水是我们的家。

我们在清澈的河水中欢快地游来游去，时而跳一曲优美的舞蹈。我们在河里嬉戏，享受着水中的宁静与和谐。不知从什么时候开始，河面开始漂浮着各种各样的垃圾，散发着恶臭的黑色污水也排入了我们的母亲河。淤泥让河道变浅，我们的生存空间越来越小，我和同伴们只能躲在犄角旮旯里，艰难地活着。渐渐地，鱼儿越来越少，人类对我们的哭泣视而不见，我的同伴们死的死，伤的伤。突然，一阵污水猛地袭来，我的口腔瞬间被其灌满，我瞬间失去了知觉。

我从梦中猛地惊醒，后背被冷汗浸透。惊魂未定，阳光洒进我的房间，挤走了我内心的恐惧。我走出阳台看到，夕阳下，人们三五成群，在河岸两旁悠闲慢跑，儿童嬉戏打闹，老人漫步其中。杨柳的柳尖轻拂过水面，荡起点点波纹。岸边繁花似锦，香味扑鼻，五颜六色的花仿佛铺成了一条锦绣丝绸之路，令人赞叹不已。河中的白鹭和恋人相互依偎，喃喃低语，仿佛在诉说着千年的爱情传说。我站在阳台望着如此和谐的场面，心中满是感动。我不由自主地走近寒溪河，阳光下，小鱼在水中穿梭，游来游去，不时地探出头来，好奇地打量着外面的世界。我小心地蹲在河边，捧起一汪清水，感受那一股清凉顺着指尖透入心脾，喜悦感瞬间涌上心头。

这番美景由谁造？我问小鸟，小鸟唱着动听的歌儿飞走了，我问垂柳，垂柳摆摆它碧绿的裙摆不应答，我问妈妈，妈妈告诉我，生态环境遭到破坏后，寒溪河就变成了臭名远扬的臭水河，后来，这引起了政府的高度重视，决心要让这条常平的“母亲河”重新恢复清澈。政府开展了水域截污、清淤、河涌整治、雨污分流等工程，使寒溪河再现生机，哺育着下一代人，如今的寒溪河展现出“一河碧水印蓝天，两岸风景美如画”的景象。

“绿水青山就是金山银山”，我们要珍惜大自然的馈赠。守护母亲河，我们会接下接力棒，一直传下去。

大海的微笑

□ 卢梓萱（中山市三角镇蟠龙小学）

大海，是地球生命的源泉，每一片海域都充满着生命，每一个海浪都充满故事。在这水波蔚蓝的大海里，每一个生物，都在诉说着对生命的赞叹！

这里的每一片海域，都像颤动的蓝丝绸，哺育着每一个生命。让水里的动物有了家园，让人们有了食物。大海就像一幅一望无际的油画卷，映着蓝天白云，也映着我们的笑容。

可是，有一天，大海开始呼唤、开始哭泣、开始颤抖、海水被污染了，水生动物们失去家园。大海始终在呼唤，似乎在呼唤我们的行为，呼唤着我们的觉醒。

我们不能再坐以待毙，要行动起来！保护海洋，保护我们共存的家园。我们不要往海里扔垃圾、不要排放核污水到海里、也不要过度捕捉海洋生物，让大海的微笑重新恢复，还动物们一个干净、安全的家园吧！

让我们一起，用我们充满爱的双手、用我们诚实的心，去守护这幅蓝色的油画卷。因为，海洋是我们共存的家园，更是生命的源泉！

“国宝”红树林

□ 黄玥璇（湛江市第二中学）

新中国成立75周年以来，红树林成为生态文明建设的缩影，展现了生态文明建设的成果。一日，我因心情烦躁，独自一人来观海长廊。

一年没来这里，这里的一切都焕然一新，更让我震惊的是一排排整齐茂盛的红树林映入眼帘。我站在栏杆边，海风迎面吹来，白色的海鸥低飞啼叫，唤起海浪，一推一撞地击打在礁石上，就像一块块碎片。红树林在太阳的照耀下，泛着亮闪闪的光斑，几只海鸥在阴凉的红树林下休息。我闭上眼，聆听着一阵阵轻微的海浪声，海鸥的啼叫声，我沉醉在其中，仿佛自己就是红树林的一员，路上的喧闹都悄然离去。

在2023年4月10日，习近平总书记来到湛江的红树林国家级自然保护区，察看红树林长势和周边环境。当时习近平总书记说的一句话让我记忆犹新：“这片红树林国宝，要像爱护眼睛一样守护好。”红树林不仅是鸟儿的栖息地，还为人们净化空气和海洋，加强海洋生态文明建设，为建设美丽中国，为保护好地球，作出了极大的贡献。

我睁开眼，看着眼前空阔而蔚蓝的海洋，我不禁感慨道：“红树林可真厉害，无私地为祖国奉献！”我心里的烦躁也消失得无影无踪。

走在回家的路上，我深刻地意识到生态文明建设不仅是环保行动的累积，更是一种生活态度的转变。我应该从生活中的点滴开始做起，不乱扔垃圾，绿色出行，减少一次性餐具的使用等。我相信只要我们人人都有这种环保意识、并行动起来，中国的生态文明建设一定能够成为世界第一。

展望未来，我将继续关注生态文明，提高自己的环保素养，努力为国家的生态文明建设事业出一份力。生态文明建设不仅是我们的责任，更是我们的使命，让我们携手共进，一起为建设一个美丽、舒适的家园而努力奋斗吧。

鼎湖山捡垃圾记

□ 容楚翘（肇庆市第十六小学）

我的家乡肇庆是一个美丽的城市，风景名胜众多，这其中有璀璨的“北回归线上的绿宝石”鼎湖山风景名胜区。鼎湖山上绿翠叠绕，有到处飞舞着蝴蝶仙子的蝴蝶谷，有“飞流直下三千尺”的飞水潭。

我和弟弟经常沿着山下的小溪逆流而上，徒步爬到飞水潭，看看沿途的植被，看看生机勃勃的游客，看看锻炼的市民，看看溪涧中嬉戏的小孩儿……一切都那么让人心旷神怡。

有一天，阳光明媚，我、妈妈和弟弟照旧去爬鼎湖山，我和弟弟沿路玩玩闹闹，正打算下水玩耍，但是看到小溪边有很多垃圾，有矿泉水瓶、塑料袋、鞋套、吃剩的零食，等等。一切都那么地刺眼，并让我心痛。

我想到“保护环境，人人有责”这句话。我叫妈妈从车上拿来一个大垃圾袋，带上弟弟开始捡垃圾，我跟弟弟说我们比赛捡垃圾，看看谁捡得多，弟弟欣然同意。

捡垃圾大赛正式开始：我捡一个饮料瓶，弟弟捡一个易拉罐；我捡一个塑料袋，弟弟捡一个果皮；我捡一只破鞋子，弟弟捡一把破雨伞……

不知不觉，我和弟弟爬上了飞水潭，从上而下俯瞰我们沿路走过的小溪，路边的垃圾被我们捡得干干净净，一股自豪之情油然而生。

虽然我们做的只是捡垃圾这件小事，但是让我认识到环保是件大事。生态环境保护是功在当代，利在千秋的事业。

让我们行动起来吧，从小事做起，爱护环境。绿水青山，就是金山银山。环境就是民生，青山就是美丽，蓝天也是幸福。

第十一届广东省青少年环保创意大赛

生态文学优秀作品集

散文（青年组）

看绿美广州，望璀璨羊城

□ 陈诗妮［广州市第五中学（本部）］

广州，我在这里已经度过了十几年的光阴，来来去去匆匆的街巷是朴实广州人的天地，春夏秋冬，白昼黑夜，广州有自己的独特滋味。夏日照耀的每一缕阳光，金秋轻拂的丝丝凉意都诉说着它的绚烂，不言不语，震耳欲聋……

史铁生老师说，“整个春天，直至夏天，都是生命力独享风流的季节”。倘若你走在春天的广州，暖洋洋的太阳定会将你好好拥抱。绿叶间繁星点点，漫步于广州的大街小巷，你会发现，绿色已悄然融入这座城市的每一个角落。无论是繁华的商业街区，还是静谧的居民小区，总有那么一抹绿意不经意间跃入眼帘——是街边精心修剪的灌木丛，还是公园里肆意生长的参天大树，抑或阳台上那一抹倔强的绿意，都在春的广州里迸发无限生机、肆意生长。

广州的绿，是心灵的慰藉。在忙碌与喧嚣之中找一片绿地，或静坐，或漫步，让心灵得到片刻的宁静与放松。在这里，你可以忘却尘世的烦恼，让思绪随着微风轻轻飘扬，仿佛整个世界都变得柔软而温暖起来。无妨坐下歇歇，在花骨朵儿摇曳待放的花坛下等等，定会有广州人找你搭上一句半句，若你愿意，他们会酣畅淋漓同你畅聊一番，脸蛋儿是红扑扑的，小草是绿茵茵的，太阳是暖乎乎的，这样午后的广州最是惬意悠然。

傍晚，广州的夜色渐渐降临，灯火阑珊处，绿色依然是最动人的色彩。它们与璀璨的灯火交相辉映，形成了一幅幅光与影、绿与红的绝美画面。漫步于珠江边，感受着微风拂面，聆听着江水潺潺，仿佛能听见这座城市的心跳，感受到它独有的韵味与魅力。在这一刻，广州的绿美是一种心灵的触动。它让人在繁忙与喧嚣中找到了片刻的安宁与自我。珠江水面泛起层层细腻的涟漪，如同时间轻快的脚步，在静谧中唤醒了沉睡的城市。两岸绿意盎然，树木挺拔坚韧，这抹绿不仅是城市的守护者，更是历史的见证者！

广州的绿美，是历史的沉淀，也是未来的希望。它见证了广州的变迁与发展，也见证了无数人的悲欢离合。在这片绿意盎然的城市中，我们不仅能够感受到自然的魅力与力量，更能够体会到人文的关怀与温暖。让我们携手共创更加美好的广州，让绿色成为这座城市永恒的主题与骄傲。在未来的日子里，愿广州的绿美继续绽放光彩，为这座城市增添更多的生机与活力！

坚守莫忘本，传承共担当

□ 李沛园（广州市第二中学）

故乡的笛声似乎都会在有月亮的晚上响起，彼时我们脚下的泥地路早变成了柏油沥青路了，目光所及，是耸入云霄的钢铁森林。我只想回到故乡那片净土，寻回曾有的初心。

我抽空回到家乡，小城是古朴的，砖木砌成的房屋散着幽香。我远远便看见外公在田间耕作，松土、填种、浇水，泥土一点点被浸润，外公身后的土地一点点充实起来。起初，我还感叹外公的健壮勤劳，但当我再向前走几步，便注意到他的白发又生了许多，皮肤因暴晒而成了黄褐色，仿佛与土地融为一体。

他看见我了，飞快地放下农具，高兴地带我进屋，外公似乎又老了一些，岁月的刀在他脸上雕刻出皱纹，我的内心有种难以言说的痛楚——那年外公坚持留在这片土地，放弃了城市的繁华生活，最终，他也老去了。

阳光缓缓从空中洒落到这座小城，古铜色的光晕在白墙上大肆铺开，土地旁的小溪波光粼粼，我穿好靴子，挽起裤脚，走到田间，躬身弯腰将秧苗一根根插入土里。外公一边劳作一边给我介绍农耕技术："这块土地很好地运用了间作套种，让那些高秆矮秆，深根浅根的作物合理搭配，互相促进……""逐年轮流使用内翻耕，外翻耕，保证土地可持续产出……"我不禁感叹中华农耕文明的博大精深。

时钟的指针不停转动，太阳越升越高，炙烤着大地，土壤的气息变得更加浓郁。插好的秧苗整整齐齐地排列着，前方仅有一块待插的土地了。汗珠从脸上滑落，滑入泥土中，腰背充斥着酸痛，这个时候刺眼太阳的光芒令我睁不开眼，眯着眼睛向前望着那小块未完成的土地，仿佛见到了胜利的曙光，我又充满了信心，用三根手指捏住秧苗，伸直手臂，向泥土里一按，秧苗便笔直地立起。一插，两插，三插……稻田渐渐被填满，我的辛勤耕耘润泽着这片大地，播下希望的种子，也在我心灵的田地里，种下农耕文化的种子。

中国是全球农业的发源地之一，炎黄子孙创造了灿烂的农耕文明。农耕是一个细活和慢活，最考验人的意志和毅力；农耕文明不但包含着精耕细作的技术体系，更包含着对一代代劳动人民辛勤奋斗的赞颂。认同农耕文明，传承农耕文明尤为重要。

阳光像撕碎的金箔在小溪里翻动，我和外公在河里捉鱼，小溪中水花四溅，水声、笑声充满田野，四处洋溢着青春与活力。我霎时从城市的快节奏生活中解脱，内心满是流淌着的童年的记忆。恍惚间，我好像看见了自己儿时的样子；隐约间，我好像看见了外公的童年。

我明白外公为何钟情于乡村生活了，那里深藏着他最深层的童年记忆。他所代表的，是老一辈的生活方式——农耕，哺育了人们，推动社会发展，中华农耕文明是他永远的坚守，它们的力量是无可比拟的。

老一辈坚守文明，青年人传承文明，是时代的接续。岁月不居，时节如流，发展日新月异，眼里不应只有高楼林立，更应留存一块记忆的净土。传承，不仅是对耕作技艺的传承，还是对奋斗精神的传承，更是对农耕文明的传承。作为新时代的青年，我们应不忘初心，接过时代的接力棒，让中华血脉如滔滔江水般绵延。

风起梅江，绿美广东

□ 张诗恒（广东梅县东山中学）

高旷的风自天上袭来，吹绿了南粤的山岗，拂红了岭南的木棉，清风与广东大地相遇，生态与绿色文明共舞。“绿美广东”的旋律渐渐随风而起，“和谐共生”的口号在蓝天白云之下唱响，自此，我们便以山川为色，以建设为笔，用环保作蓝图，描绘出绿色新篇章。

起风了，“绿美广东”蔚然成风，从城市公园吹到乡村田野，绿色正成为这片土地最鲜明的底色。“绿美广东”的清风吹过梅江，让梅州兴宁的昔日露天采矿区铁山嶂重新覆土复绿，格桑花迎风摇曳；让梅州五华曾经破败的废弃稀土矿山，经过实施琴江河、五华河流域废弃矿山治理工程，逐渐展现“新绿”；让梅州蕉岭，通过实施“山水工程”，日益凸显生态优美、水质优良、良田连片的格局……政府通过实施生态保护与修复措施，促进人与自然和谐共生，让人类文明与绿色生态在风中合奏。

起风了，“绿色环保”蔚然成风，从城市街道吹到学院校道，从举手投足吹到精神意识。环保正成为广东人民心之所向的行动。我看见梅江城市环境守护者钟梅英春沐寒雨，夏顶烈日，秋扫落叶，冬御寒风，用日以继夜的劳动扫净巷道小路，用辛勤守护城市容颜；我看见广东梅县东山中学的校园值周，塑料废纸的每周回收，植树种花的添绿增彩，让绿色环保的种子埋入学生心中，让绿色环保的理念顺风而起，与风同在；我看见热心环保志愿服务，红马甲与绿化带渲染出别样的春和景明；我看见共建文明城市，垃圾得到分类，鸟儿与树木休憩，清风与小草私语，我们与自然共生。

起风了，绿色文明的理念之风吹进了人们的心田，“绿美”不仅仅是环境的变化，更是人们心灵深处的一次觉醒，我们要开始更加珍视每一次呼吸的清新空气，学会欣赏四季变换之美，明白以可持续发展的视角审视自己的生活方式，并付诸实践，少一次尾气的污浊，便多了一抹清新，更绿了一树嫩叶，红了一丛茶花。唯有绿色低碳的生活，才有绿水青山的生存，更有人与自然的未来。

当阳光洒在绿意盎然的广东大地，当清风拂过苍翠欲滴的南粤山岗，每一寸土地都被赋予了生命的色彩与活力。如若又起风了，何不让我们携手共进，播撒绿色种子，开出人与自然和谐之花，随风起舞，乘风飘扬。

莞色三角梅

□ 梁金玉（东莞城市学院）

偶然看到东莞公路边上开得正艳的三角梅，我不禁想到从前误把家后面小巷那一大株三角梅识作木槿花的经历。

幼时小巷的三角梅倒称得上我童年的一抹亮色。艳丽的粉紫色，是它存在感极强的苞片，而它真正的花却娇小洁白。树根在一墙之隔的工厂里，繁花却耐不住寂寞探出头，装点了巷子。一簇簇的紫，张扬、烂漫地吞噬了巷子斑驳的白墙。我和玩伴们在花树下嬉耍，踩在爬满青苔的石阶上摘花叶，研磨，假装是我们餐厅游戏中的美食。夏日时贪凉，买了零嘴相约在花巷中分享，在细碎的光影中畅谈趣闻，或是仰头看树隙的光发呆。不过大约四五年级的时候，工厂把那株三角梅砍去了，我们曾偷摸进去，只看到光秃秃的树桩。

后来，在见识了更多高大、娇媚、艳丽的木棉、牡丹、荷花后，便越发觉得三角梅太过普通，就像她名字中那个“梅”字一样普通，于是对三角梅的那份喜爱也逐渐被淡忘。

现在，三角梅似乎“卷土重来”了。紫色、白色、粉色的三角梅，在东莞的公路旁，绿化带中，抑或校园的铁栅栏间，相较那巷墙上的羞怯，开得无比热闹与喜庆。

再留心观察一下，就会发现东莞的绿化质量逐年提升，这些环境的改善当然离不开绿化工人的辛勤付出，他们身穿亮色工作马甲，顶着大太阳修剪养护绿化带，那工作服色自然地融入五彩缤纷的花坛中，仿佛也成了一株迎风轻摇的三角梅。

三角梅虽然无香无味，但它通过明媚的苞片颜色也能吸引昆虫传粉；它生命力顽强，在合适的环境中抓住一切机会肆意生长；它虽然名字和颜色不如其他花娇艳，但是却多了几分淳朴踏实。三角梅是东莞响应“绿水青山就是金山银山”这一号召的靓丽名片，而东莞的绿色低碳之路也必将像三角梅般蓬勃发展，蒸蒸日上！

遇见

——樱花公园小记

□ 谢铭慧（湛江幼儿师范专科学校）

说起廉江，人们可能会率先想到“红橙之乡”，但我想和大家聊聊廉江的另一个标识——樱花公园。在我的记忆里，樱花公园原本只是廉江城北的一大片荒地，后来政府规划，将它修建成了一个山青水绿、休闲娱乐的风景区。

樱花公园完工不过寥寥几年，可我却在“时间的无涯的荒野里，没有早一步，也没有晚一步，刚巧赶上了”（张爱玲语），我成了它的历史的见证者。

我见过樱花绽放的美。那是阳春三月的早晨，我穿着薄外衫和父母早早地去观赏樱花。沐浴在春阳里的我，仿佛置身于花的海洋。我盯着树上的樱花出了神，那小小的一瓣瓣花朵，粉嫩粉嫩的，娇艳欲滴。恍惚间，我被拉到了某种遗失的记忆里。我……好像见过樱花？不，我下意识地否认了，这些樱花是在近几年引入的。那我从前看见的花是什么？我不经意间问出了这个问题，妈妈听到了笑道：“你是见过桃花吧？”对哦，我见过桃花。可我却在一大片樱花中迷失了自己，甚至将与之相像的桃花看作了樱花，真是啼笑皆非。或许，某些美就是能令人迷醉的，我甚至想起贾宝玉初见林黛玉的情景，他说：“这个妹妹，我曾见过的……今日只作远别重逢，亦未为不可。”

在樱花公园，除了可以感受樱花的生命美，人们还可以享受自己的人生逸趣。

黄昏时分，许多人喜欢踏着夕阳来这里散步。公园香径，微风习习，就连柳条也忍不住缱绻其中，慵懒地摇晃着。这场景，像极了我家那只大胖猫摇尾巴的舒适样，可爱极了。

夜晚，星河灿烂，樱花公园更是热闹。绿道两侧摆满了小摊，行人来来往往，好似一幅热闹的市民风情图，不禁令人联想起著名的《清明上河图》。在这里，人们似乎拥有无穷的欢乐。老年人散步，中年人跳舞，年轻人在路灯下弹着吉他，举行他们的“演唱会”，婉转悠扬的乐声如一阵阵清风，将他们的幸福传得很远很远……

最有意思的是，一年四季，从早到晚，无论什么时候来樱花公园，都可能会碰到熟悉的朋友。突然的一句：“哦！原来你也在这里呐！”这也是一种“没有早一步，也没有晚一步，刚巧赶上了”。——我们与樱花公园相遇，我们也“于千万人之中遇见你所遇见的人”，这或许就是缘分天然，就是和谐共生吧！

风中遇蝶

□ 区梓朗（广州市第五中学）

风呜呜地响着，却吹不散天空的厚重云层。天气预报显示晴到多云，早早约好的朋友已经背好一个大包准备进山踏青。初春的天气总是多变，默默检查了背包里的伞，我跟上了朋友的脚步。

空气中混杂着一股泥土的清香，时不时通过山风涌入鼻腔。脚踩上木质的台阶嘎吱作响，步道两旁散布的树木栖息着一树树的黄蝴蝶。地处亚热带季风气候区，树种多是亚热带常绿阔叶林，它们常喜欢在初春带来其他地方晚秋才有的惊喜——黄与金蝴蝶之舞。这次前来，也抱着欣赏这一特有表演的愿望。朋友们说，黄蝴蝶落下之时，是令人惊艳的美，更是土地和小虫子的天赐。我抬头看向天空，天仍旧阴沉，天上的风依旧无能为力，而山里的风也渐渐隐去。

我拿出包里的伞，在林间雨幕中撑开一片小天地。雨终于下来了，雨幕迷迷蒙蒙，雨滴敲打在黄蝴蝶上，时不时发出噼啪的敲打声。树影在山风中摇曳，黄蝴蝶在树枝上各自舞蹈，偶然间会有些急不可耐的伴着和缓的山风与雨水从树间缓缓飞下。

风渐渐大了，步道表面渐渐铺上一层黄毯子。天空的亮度慢慢调亮，我收了伞，仰头看一片黄叶海。呼呼风声响起，一众金边的蝴蝶伴风而舞，无声的舞蹈，用风声伴奏，在空中飘飘摇摇，纷纷扰扰。黄蝴蝶不一会儿就铺满整条步道，我在风中遇蝶舞。

相机保存着大自然的惊喜，记忆留有阔叶林独特的浪漫。黄叶与风，在山间成为特殊的风景，被人们所捕获，留存在心中。也许在未来，我再踏足这片山林，山依旧，风仍轻轻地吹着，成千上万的黄蝴蝶还继承着前辈的事业，给人们一刹那的惊喜，给脚下的土地留下养分。树枝之间是生命最后的辉煌，而散落在土地上的是自然的轮回与树木对大地的回报。

步道的嘎吱声逐渐消失在耳旁，我瞧瞧手机里的布满金黄色的相片，又是一张值得添加到自然相册的记忆。我朝朋友笑笑，顺着风一起回家。

探秘七目嶂的绿色宝库

□ 詹家豪（五华县兴华中学）

随着满载欢声笑语的大巴缓缓驶入蜿蜒曲折的山路，村庄的炊烟、金黄的稻田逐渐在我们的视线中淡去，仿佛一幅幅温馨的画卷慢慢合拢。车窗外，群山如波涛般起伏，层峦叠嶂，错落有致，它们以大地为纸，以翠绿为墨，绘就了一幅波澜壮阔的自然画卷。山间林木葱郁，绿意盎然，宛如大自然的绿色织锦，铺展在无垠的天际。偶尔，几只野鸟惊飞而起，划破这宁静的画面，它们的身影在空中画出一道道优美的弧线，为这静谧的山林增添了几分生动与趣味。

不久，“七目嶂省级自然风景保护区”几个大字赫然映入眼帘，如同一位慈祥的老者，静静地守候在这片净土之上。同学们欢呼雀跃，有的甚至迫不及待地从座位上站起，眼中闪烁着对未知世界的好奇与向往。

一下车，一股清新的山风迎面扑来，带着泥土的芬芳和树叶的清新，瞬间驱散了旅途的疲惫，让人精神为之一振。正当我们准备踏上探索之旅时，一块大屏幕上的画面吸引了大家的注意。“张老师，那是什么动物？”一位同学好奇地问道。张老师微笑着解答：“那是国家一级保护动物穿山甲，它们白天休息，夜晚活动，是捕食白蚁的高手。这些年，我们通过放生，已经在这里初步形成了穿山甲的种群。记得有一次，我还亲自参与了它们的救助工作呢！”同学们听后，无不惊叹不已，对这片神秘的土地充满了敬畏与好奇。

沿着曲折的山路缓缓前行，我们仿佛步入了一个绿色的童话世界。

高耸入云的树木仿佛撑开了一把把巨大的绿色遮阳伞，为我们遮挡住了炎炎烈日。阳光透过叶子的缝隙，洒下斑驳陆离的光影，如同点点星光，在绿色的海洋中闪烁。树影重重，藤蔓缠绕，苔藓覆盖，一切都显得那么宁静而神秘。小溪潺潺，清澈见底，鱼儿在水中自由穿梭，仿佛在与游人嬉戏。我情不自禁地蹲下身来，掬一捧清泉入口，甘甜清冽，沁人心脾。微风拂过，树叶沙沙作响，仿佛在低语，带走了心中的烦躁与闷热。耳边，蝉鸣、鸟叫、蛙唱、猴啼交织在一起，构成了一曲悠扬的自然交响乐，让人心旷神怡，忘却尘嚣。

随着我们深入保护区，一片遮天蔽日的桫椤群落映入眼帘。这些高大的蕨类植物，有的挺拔如松，有的婀娜多姿，它们的叶子大而长，向四方伸展，宛如一把把撑开的绿色巨伞，为这片土地增添了几分古朴与庄严。桫椤被誉为“植物活化石”，与恐龙同时代而生，如今在七目嶂保护区内仍能找到它们的踪迹，这无疑是大自然赋予我们的一份宝贵财富。

下山后，我们在保护区的食堂品尝了用野生灵芝熬制的汤品和各式美食，那独特的口感和香气至今仍让人回味无穷。饭后，张老师还带领我们参观了“奉宪永禁碑”，这块石碑设立于乾隆五十八年（1793年），见证了古人对生态环境的重视与保护。它告诉我们：保护生态环境的理念自古有之，作为新时代的青少年，我们更应该继承和发扬这一优良传统，坚持“绿水青山就是金山银山”的理念，倡导绿色低碳的生活方式，为共建绿色广东贡献自己的一份力量。

拾一缕清波

□ 林诗淇（汕尾市城区田家炳中学）

我听见了你的声音，那是你在用方言唤我的乳名

——题记

在粤东的蔚蓝海岸边有一颗璀璨的明珠，静静地躺在南中国海的怀抱中，它就是汕尾市，是我度过了无忧无虑的童年，留下了许多美好的回忆的地方。

步入初秋，原本是应该感到萧瑟悲凉的。可清晨的品清湖是晨练者的天堂，湖边的小道上一群群运动中的人们，或慢跑，或快走。呼吸着湖面吹来的清新空气，脸上洋溢着健康与满足的笑容。我漫步在品清湖岸，看着那荡漾的清波，迎着徐徐而来的微风，让原本躁动的内心如同一颗石子落入那湖水中，慢慢地、慢慢地，随着一阵阵波纹回荡，归于这自然的宁静。那仿若是大自然最温柔的笔触，在无声中绘制着一幅幅流动的画卷。我如同置身于品清湖水中，沉睡在名为家乡的摇篮里。只有偶尔几声清脆的鸟鸣划破天际，为这宁静的早晨，增添了几分生动与趣味。

随着太阳逐渐升高，品清湖像是被微风不经意间的一次轻抚慢慢地激起了波涛，在日光下舞动着。或许是顺着这扰动，湖边的小摊小贩也开始忙碌起来，他们摆开了各式各样的摊位，有的卖清凉冰爽的饮料，有的售卖五彩斑斓的手工艺品……游客和本地居民纷至沓来，欢笑声和叫卖声交织在一起，在湖面上空回荡。往来的人群，每一处都弥漫着生

活的味道，多了人间烟火的一丝气息。构成了一幅温馨和谐的画面。不远处，几位老人正坐在长椅上，手摇蒲扇悠然自得地聊着家常。他们的脸上洋溢着岁月沉淀下来的宁静与满足，只是偶尔抬头望向品清湖，眼神流露出来的神情，不知是对过去的怀念，还是对未来蓬勃发展的期许……

天是极蓝极蓝的。

那种蓝是只存在于童话里的蓝，澄澈又自然。绿色和蓝色搭配起来，很美。金色的阳光穿透云层，洒在湖面，金色的光辉与湖水的碧绿交织在一起，闪烁着耀眼的光芒，熠熠生辉，那种融合是画笔所绘不出的。

岸边上的花儿争先恐后绽放出笑脸，仿佛是大自然的馈赠，让人们的心情也随之明媚起来。夜幕降临时，花儿仿若娇羞的少女漫步在那夜色之中，轻轻提起面纱，借着清风在暮色里舞动，却引得别人更想一窥那容颜。

可我知道在这光鲜亮丽的背后，曾有一段悲凉的故事，那是一次华丽的蜕变，一次从沉寂到辉煌的重生，更是千千万万名汕尾人所努力的结果。

印象里的品清湖是一位饱经风霜的老者，静静地躺在那里，任由秋风肆意地穿梭于他的胸膛，留下一道道或深或浅的皱纹，那浑浊不堪、泛着油光的湖面，仿佛是大自然的一道伤痕。夕阳无力地斜挂在天边，将一抹残红投射在湖面上，如同老画家笔下最后一抹未干的哀伤。

儿时的我走近它，心中便不由自主地涌起一股难以言喻的酸楚与忧虑。我的心像是被一颗重石压着，老是沉甸甸的。每一个被品清湖所养育，所怀抱的汕尾人民又怎么能不感到心痛呢？不在沉默中怒吼，便在沉默中消逝，汕尾人民从不畏惧变革，向来是主动寻求变革的，更不会允许自己沉浸在伤春悲秋之中。正是这份不甘沉寂的精神孕育了变革的力量，正如大自然的一次深呼吸，汕尾人民正准备着一次重生。

一系列科学严谨、高效有力的治理措施开始制订和落实：从源头控制污染，关闭或整改沿岸排污企业，确保每一滴流入湖泊的水都清澈透明；实施生态修复工程，种植水生植物，放养鱼苗，恢复湖泊的自然生态系统；加强监管力度，建立健全环境保护法……政府和人民协力互助。

当我正扶着栏杆凝望着那在阳光下闪烁的阵阵碧波时，一群身着环保服的志愿者悄然出现在湖畔，沿着湖岸线缓缓前行，他们手持垃圾袋，弯腰、拾起，每一个动作都显得那么虔诚而坚定。这些来自四面八方的普通人，用自己的双手，为湖泊清理着昨日的痕迹，让清澈的碧波再次成为鱼儿欢腾的乐园，还湖水一片清澈。

他们的身影，在晨光中拉长，成为一道最美的风景，讲述着人民对自然最质朴的敬爱与呵护，用行动诠释着对家园的深情厚爱。

校园花开时

□ 邵晓莹（东莞城市学院）

在东莞，秋的信号是清晨露水加重，雾气袅袅，伴有微微凉意。早起上课，走在校园的道路上，走进绚烂的花丛里，紫荆花一簇簇地在枝头争妍，姹紫嫣红，就如席慕蓉《羊蹄甲》写的那般："花开时，整棵树远看像是笼罩着一层粉色的烟雾，总觉得看不清楚，画不仔细。"

在东莞城市学院，主校道两旁栽满了紫荆花，不同的季节，不同的心境，我可以欣赏到它们不同的姿态，不变的是它们那顽强的生命力，从我九月入学以来，它们一直开花，好似从未谢幕。

秋天的紫荆花是惊艳的，别的花草树木开始枯萎，它却开得热烈，俨然是这秋之主角；紫荆花的花期长得让人惊叹，可以一直持续到冬天，它不畏湿冷的气候，在冬的萧瑟里傲视群芳，给校园带来活力与生机；春日的紫荆花是勇敢的，此时的校园百花争艳，刚经历完秋冬二季的它开着不败的花，笑着加入这场视觉盛宴，让人心生欢喜；夏天的紫荆花，卸下大部分或粉或紫的花瓣，结出饱满的豆荚，微风吹过，果实在碧绿的叶子中调皮地偷看我们。

当酷暑散去，我知道，秋日又将降临，我最爱的它，即将带给我一如既往的感动和惊喜。秋风袭来，紫荆花树下起紫红色的"雪"，保洁阿姨面带微笑地扫起地上的花瓣，她和它们都是校园里美丽的风景。

有时，我会绕一条小道去教室，沿途种着桂花树，桂花繁盛馥郁，甜美的芳香沁染了空气，这独特的香气助我赶走疲惫，消解苦闷，专注学业。坐在教室，看向窗外，是怒放得压低了枝头的风铃花，黄灿灿的，熠熠生辉，像一群穿着鹅黄纱裙翩翩起舞的妙龄女子。

课堂上，老师正讲解苏轼的诗："惟江上之清风，与山间之明月，耳得之而为声，目遇之而成色，取之无禁，用之不竭。"教室朗朗的读书声和着窗外的美景，让诗更有了诗意，也让人内心平和。真想时间就定格在此刻，让我们好好领悟古人的智慧，投入大自然的怀抱，忘掉烦恼，沉醉在诗情画意里。

家养绿植

□ 何芷敏（东莞理工学院）

我在院外种下了一棵龙眼树。说起龙眼树，老屋门前也有一棵龙眼树，自爷爷那一辈就一直在了，也不知树龄到底几十年，但它实在是遒劲挺拔，至少三层楼那么高。每年盛夏时，从那株龙眼树上摘下的龙眼鲜甜多汁，能装满满几大筐。眼前这棵繁盛的龙眼树也已经种下好几年了。第一年时没结果儿，我还挺失落。当时我一心盼望它长高长壮，好圆我一个门前秋千的童年梦，如今到了知事年纪，我又忧心起来了，若长得太壮，根系阻了村中的路，大家会不会把它锯掉？若只剩一个孤零零的树桩在这儿，倒是失意的事了。还是健健康康慢慢地长吧。

百香果苗是近几年种的，种在泥盆里给它一根细木杆让它顺势而上。它十分争气，长势喜人，迅速地抽藤，攀上了院栏；也实在猖狂，趁家里人都不注意，便欺压到了两米多高的杨桃树的头上，与那树冠纠缠得难舍难分。百香果叶宽大，遮了杨桃树好些太阳光，我想小杨桃明上不显，私下也会一改佛系，更努力生长，争夺阳光吧。今年这株百香果藤便结了几朵花，落了几个果。它开花时，奶奶和妹妹都很惊喜，我难得回一次家时，她们都指着让我看。我没有敢仔细看，只记得它们花盘有些大，白色花瓣小小的层层叠叠缀在花盘周围，应是好看的，只是样貌于我来说有些慑人。

前几天吃饭时，奶奶对姑姑说，她种的哈密瓜开花了。我听着有些惊讶，什么时候种上哈密瓜了。忽而天马行空地又想到了小时学的海岛上军士们给西瓜人工授粉的课文，寻思着这哈密瓜怎么授粉呢？可也有分雄蕊与雌蕊？可也要将花朵摘下让雄蕊与雌蕊接触？又暗暗哂笑自个儿，生物也学得不深，倒要做起自家的采花贼了。

炎炎夏日，家中绿植是我印象中最随性的景色了。几株绿意扎向湛蓝的天，与洁白的云朵随风舒展，好看得紧。

生态共舞

□ 谢镇炜（广州信息技术职业学校）

我作为一名摄影爱好者，手中的镜头不仅是记录时光的工具，更是捕捉时代变迁、自然之美的使者。近年来，随着生态文明理念的深入人心，绿美广东的生态建设如画卷般徐徐展开，身处其中的我深感自豪和震撼。

行走在这片古老而又充满活力的土地上，我亲眼见证了广州生态环境的显著变化。天空，不再是记忆中偶尔被雾霾笼罩的灰色，而是恢复了它那应有的湛蓝与深邃，如同洗净的蓝宝石镶嵌在南国天际。碧水绕村流，江河湖泊清澈见底，鱼儿穿梭，水鸟翩跹，昔日的浑浊与污染已悄然远去，取而代之的是一幅幅生动和谐的自然画卷。

我非常爱我的家乡，这里山清水秀，美得让人心动。作为一个喜欢拍照的人，我特别想用我的相机记录下这里的每一座山峦、每一条河流，把美好的画面分享给更多人看，让大家都能感受到广东这片土地上的自然之美，体会到人类与自然和谐相处的那份宁静与力量。

记忆中最难忘的一幕，是站在家乡的一座小山丘上，镜头轻轻一转，竟能跨越城市的喧嚣，捕捉到远处广州塔那标志性的身影，虽相隔甚远，却清晰可辨。这不仅仅是一次简单的拍摄，更是对广东乃至全国生态文明建设成果的一次深情凝视。它告诉我，无论城市如何发展，绿水青山始终是这片土地最宝贵的底色，是我们共同的骄傲与向往。

人与自然之间的和谐共处并非遥不可及的梦想，正在逐步成为我们日常生活的真实写照。我愿以镜头为笔，继续记录这份来之不易的生态之美，传递人与自然和谐共生的正能量，让更多人感受到家乡绿水青山的魅力，共同守护这份属于全人类的宝贵财富。

天蓝，水绿

□ 梅以诚（深圳中学）

刚过体育课，还未平复住呼吸，才在座位上坐定，一束澄澈而均匀的阳光打在我的手边。放下右手握着的笔，伸出指头刚想如捻草叶一样揣摩这金光的质地，它又调皮地无声地嗤笑着溜走了。

我抬头望向窗上的天，南粤的六月是跟雨做伴的季节，今天却难得忙里偷闲露出一片纯净的蓝天。我喜欢看天，这爱好已有几年了。深圳的天永远是那么澄明开敞，一如这座城本身。那么纯粹，但盯久了又觉得蓝得反而深邃，你仰着头，知道那浅蓝的帷幕后是宇宙，星穹；那儿，有空间站、卫星，我们的天宫，它有容乃大又自由烂漫。天空代表未来和未来终会破解的未知之谜。云像羊群摇着雪白的絮悠闲地漫步，想遮蔽你的背景；飞机在阳光的照耀下如贝壳一样闪烁，妄图吸引你的注意，而你只是凝视着瞳孔一样深邃的天，多么令人印象深刻的图景。诗人歌过山，颂过水，却鲜有歌颂这天的。

朝阳夕霞，晨明夜沥，多幸运我能领略这么美丽的景观，我从楼上俯瞰河道，一条微微隆起的青练正穿过我的校园，刚吸饱一阵阵夏雨的它挤过河岸，漫过苔石，穿越红色的廊桥，一泻而下，我喜欢水，尤其爱河。我着实羡慕那些住在河畔的。他们的“舍南舍北”皆春水，但见群鸥日日来。他们可以尽情摸鱼、钓虾、捉泥鳅、拾田螺……水龟、蜻蜓与白鹭，在他们游泳时伴在左右。若想雅些，乘一叶小舟，像苏轼、张岱那样夜泊；就算什么都不干，在廊桥上听听夜虫，暂舒胸怀……这曾是我的奢望。

而今，真有了这样一条河。先前还有厚厚的绿化带相隔，在施工半年后，校长“让学生更亲近水”的设想成真了。我们可以下到中流那石桥上，看正午烈日下成群游弋的罗非鱼张着嘴吐泡泡，看金色夕阳下的水底藏着成串黑色的念珠，那是蝌蚪浮在石上。再一次走过河旁的栈道，有棕色的小蛙在脚边一弹一弹。碧草梨花映绿了清水，水里的细长的流荇仿佛出自徐志摩的诗，多么难得的一条河，大自然总是让你被它俘虏后才意识到它的存在。

让天蓝下去吧，让水绿下去吧。岁月流逝，我即将离开这里，告别这天，告别这水，答应我，多年后再归来，你还是一如既往地等着我。我希望在那时你会有更丰富的色彩。

与庙，与凉亭

□ 黄梓萱（深圳市龙岗区德琳学校）

记得小学语文书上有一篇叫《落花生》的课文，里面家人在夜晚的凉亭里共同赏月，令从小跟着父母扎根城市的我十分向往在静谧的世界里去享受那一份自然和悠然。在我的死缠烂打下，爸妈终于舍下工作带我回了老家，去爬了那座使小小的我无限遐想的“六道山”。

六道山，顾名思义，有六道。在第一道山上据说从前有个和尚盖了个庙；又有的说哪个有钱人家为了积德行善，供了一座佛。总之，那里有座庙，像是应景似的，还有个挺袖珍的小凉亭，完全符合了我对田园生活的想象。

想必这个庙还没有荒废，泥泞的山路上脚印虽模糊不清了，但还是有能够行走的小道。空气湿且寒，夹杂着泥土的腥味，却清爽怡人。路实在是太陡了，不得不手脚并用地扒着树根，避开湿滑的苔藓，心惊胆战地爬上去，像是在悬崖峭壁上行走的岩羊，只是我们要更滑稽一些。在努力之下，终于看见了庙。

鸟鸣啁啾，绿意浓浓，在这片未经世俗污染的角落里，寺庙香火缭绕，水汽氤氲，像一杯淡酒，浅尝辄止，仍有回甘；像一碗浓茶，品到深处，余味绵绵。我想我永远不能忘怀那一片可爱的小天地，那里的泥土，那里的小凉亭……

后来偶然又和爸妈聊起那座六道山，那时我已有七年没回过老家了，再聊起时我的脸上仍带有那兴奋和喜悦的神情。哦，我的小凉亭，也许七年不见，你的身上又多了许多岁月的痕迹吧！爸妈只是摇摇头，和我说着家乡的变化。这些变化让大自然失去已往的美丽。

六道山被一个集团开发成了旅游项目，改了名字，民宿、商业街拔地而起，各种小摊小贩纷纷“大展身手”，不知哪里来的义乌小商品摇身一变成了老家的“特产”，坑骗外地游客；原来上山的路口建了许多小卖部和大排档，油腻的肉香弥漫了整座山；门口的摇摇车叽里呱啦的儿歌不绝于耳，鸟群的叫声早就消失殆尽了；山路被铲平，取而代之的是坚硬的水泥路，令人看不到一丝生气；原本充满生机的树林却充斥着惊悚醒目的红色塑料袋和原属于树木的一部分的竹签……

这令我难以相信，这样美好的地方居然随着我们生活水平的发展变得丑陋难堪。开发乡村旅游项目意味着人们在生活品质上更加追求轻松、慢节奏的田园生活，如果在生活水平发展的过程中要以牺牲大量自然资源为代价，我敢说这不是进步，而是退步。

爸妈没有提起那座小庙，我也没有问。就像是安慰自己，那座庙在小时候的我光顾完之后，又去了另一个地方，静静地等待着，可能要等十年，也可能是二十年，总之一直等，等着下一个能够真正理解他的人再次来到这里，享受他的清欢，迷恋他的宁静。希望在我看不到的地方，那座庙和小凉亭依然存在，存在着……

“年少”绿茵地里的他

□ 刘粤（深圳市龙岗区平冈中学）

他说年少的从来不是他，是那片他一生所奉献的绿洲。

——题记

今年是你离开的第三年，绿茵地的第十八年。

天还是那样蓝，几朵飘忽不定的云就挂在那儿点缀着，几群归雁是天空唯一的生机，一片青青的草地像一块撒满抹茶粉的蛋糕，远处深不见底的断崖隔开了山峦和草地这对苦命鸳鸯，就像死亡隔绝了我们俩一样。

我再次站在那个木屋前，放弃了折磨那扇咿咿呀呀的木门，坐在那把藤青椅上，上头插的小红花早不知萎靡了多久已经看不出了形状，无尽的哽咽只得让风替我回忆那段如梦般的过往。

记忆中的那时地上的绿不过寥寥，周围的黄沙让人摸不清春的讯息，那一捧沙，一块土，一粒种子，一棵树足以拖延你睡满整个夜晚。

你总能在那片地中目睹太阳是如何被高高托起直至坠回橘色的山河，你总能在那片地中感受到月亮透过窗还要寻你的真挚，你总能在那片地中精确地找到从不干正事的我，有时我会得到一张清秀无语的脸庞，有时却会得到一两句你对我不争气的斥责。我会生气我会闹，你却从不舍得用你栽出的小红花哄我。

我说“小红花开得艳丽”。

你道“绿茵地青得灿烂”。

我知道，你曾无数次眷恋那片绿洲，被投入过无数心血却像个无底洞始终没有改变。我知道，你颈间挂着的一颗种子是你心中移不开的大山，上面汇聚着你父亲的期望和绿水青山的期望。

只是我们对未来太过无能为力了，这片绿洲的成长我没能陪你看遍，我又被拽回了世俗的喧嚣。

十年光阴让我逃回了自然的怀抱，那片土地已经开始初见雏形，我看你终于化解了眉上的忧愁，可我还是后悔，后悔为何你的病态神情我一丝也未捕捉到。那天我们光着脚踏上了绿茵地，一手抱着夕阳一手抱着土地，你那天总是在盯着我笑，那时我还以为这就是永恒了。

没想到那是你留在我记忆中最后的一帧。

你的衣钵太难继承了，好在拂过你脸颊的风，照耀你发丝的夕阳，以及那颗摇摇摆摆的种子总是给我希望，绿洲成了！

但亲爱的，你别这样冷漠，让绿茵地带给我点儿你的讯息吧。

听，大自然在说话

□ 伍闰欣（东莞市经济贸易学校）

在这个喧嚣的世界里，我们总是匆匆忙忙，追逐着时间的脚步，却往往忽略了那些最纯粹、最动听的声音——大自然的声音。当你放慢脚步，静下心来，你会发现，大自然正用它那独特的方式，与我们对话，讲述着生命的故事，传递着宇宙的奥秘。

清晨，当第一缕阳光穿透云层，轻轻拂过大地，万物便开始苏醒。这时，你若能走出家门，踏入那片被露水滋润的草地，你会听到一种细微而清晰的声音，那是小草在伸展腰肢，是花朵在悄悄绽放，是树木在深呼吸。它们以一种无声的语言，诉说着生命的奇迹，告诉你每一天都是新的开始，都值得我们去珍惜和拥抱。

随着太阳逐渐升高，林间的小鸟也开始了它们的歌唱。它们或高亢激昂，或低回婉转，仿佛在举行一场盛大的音乐会。这些歌声，是大自然中最动听的旋律，它们穿透了城市的喧嚣，直达人心最柔软的地方。听，那是黄鹂的清脆，画眉的悠扬，还有那些不知名的小鸟，它们用歌声编织着对生活的热爱和向往。

午后，阳光变得柔和而慵懒，微风拂过，树叶沙沙作响，仿佛在低语。这是大自然最温柔的抚慰，它带走了你的疲惫和烦恼，让你的心灵得到了片刻的宁静。闭上眼，深呼吸，你能感受到空气中弥漫着泥土和花草的芬芳，那是大自然独有的香气，它让你忘却尘世的烦恼，回归最本真的自己。

傍晚时分，夕阳如血，染红了半边天。此时的大自然，又呈现出另一番景象。远处的山峦被晚霞映照得层层叠叠，宛如一幅精美的画卷。而近处，小溪潺潺，水声潺潺，似乎在诉说着千年的故事。这一刻，你仿佛能听到时间的脚步声，在静静地流淌中感受着岁月的沧桑和变迁。

夜幕降临，万籁俱寂。但大自然并未真正沉睡，它仍在以它独有的方式与我们交流。你听，那远处的蛙鸣，近处的虫鸣，还有偶尔传来的狗吠声，它们交织在一起，构成了一曲夏夜的交响乐。这音乐虽不华丽，却充满了生命的活力和自然的韵味，让人感受到一种莫名的安心和宁静。

大自然是一位伟大的艺术家，它以无尽的变化和丰富的声音，为我们呈现了一个多彩多姿的世界。让我们学会倾听大自然的声音吧，去感受它的美丽、神奇和力量。在自然的怀抱中，我们会找到内心的平静和力量，也会更加珍惜这个给予我们生命和希望的地球家园。

门前湖

□ 赵可欣（东莞松山湖未来学校）

我是在城市出生，在城市长大，算是个城市人了。我生活在城市，没有果树，没有小院，更没有湖泊、小溪。但是在小区门前有一口大湖，离小区不远，也可以说是我家门前有个湖了。

月荷湖——这是它的名字，我不止一次疑惑过这个名字的由来，何来的“月”，何来的“荷”？用过晚饭的傍晚，我们一家四口在月荷湖周边散步，我问出了这个藏在心里、微乎其微、足以让我忘却的问题。他们说，“月”是湖的形状，“荷”是湖里有荷花，我半信半疑地点开手机地图，却不曾想湖的形状是长长的，全然没有月亮的弧度。我举起手机欲与父亲辩论，而他在我抬头前跑开了，道路前面是个拐口，他跑过去，一溜烟儿地不见了，把我和那苍青的树木放在了原地。

那时正值仲夏，道路两旁的灌木丛中发出了知了的叫声，一下一下地，明明走过了那段声音最大的树丛，知了的声音却还久久地停留在耳边。或许这并不是知了罢。

到了秋季，树上的叶子还是绿油油的一片，不过颜色更深了。这里一年四季树叶长青，秋天的树上结满了果实。树上结的果实成熟了便一个接一个地蹦下来，砸在石砖上，紧密地布满了湖岸，路上的行人躲避不及，蓝紫色的果实便在砖上晕染开，形成了一幅湖岸波点画。

湖心没有荷花，却有荷叶，没有小舟，却有一亭。从岸边走向亭内，湖里的鱼在荷叶丛中嬉戏，一下子便不见了踪影，墨绿色的湖水挡住了我们的视野。

前几年，月荷湖突然围起，那时的我们似乎离月荷湖很远了，偶然听闻围湖。旁人说这是政府拨人来换水，我照旧半信半疑，直到再次见到月荷湖时才打消了疑惑。

月荷湖变得清澈了，鱼腥味淡了，这或许是作为城市人的我最想看的。然而，从前的湖承载了我太多太多的回忆……

檀香岛

□ 郑子婷（东莞城市学院）

在东莞市的东江北干流上，有一片被水环绕的绿洲，它的名字叫檀香岛。这里，自然与人文交织，生态与历史共融，构成了一幅动人的生态画卷。

檀香岛，一个远离尘嚣的世外桃源。岛上绿树成荫，鸟语花香，空气中弥漫着清新与宁静。清晨，当第一缕阳光穿透薄雾，岛上的万物便开始苏醒。露珠在绿叶上闪烁，仿佛是大自然赋予的珍珠，点缀着这片生机勃勃的土地。

岛上的檀香树尤为引人注目，它们挺拔而优雅，枝叶繁茂，散发出淡淡的香气。檀香树不仅为岛上的生态平衡提供了重要支撑，更是岛上文化的象征。檀香，自古以来就被赋予了神圣与高贵的意象，它的香气能够净化心灵，带来安宁与祥和。

沿着岛上的小径漫步，可以看到各种生态农业的实践。这里的农民不使用化学肥料和农药，让作物在自然的怀抱中生长。稻田里，稻穗金黄，随风摇曳；菜园中，蔬菜青翠，生机勃勃。这些农作物不仅是岛上居民的生活来源，也是他们与自然和谐共处的见证。

檀香岛上还有一片湿地，这里是众多水鸟的栖息地。每当夕阳西下，成群的白鹭在水面上翩翩起舞，它们的优雅身姿与落日的余晖相映成趣，构成了一幅动人的画面。湿地的存在，不仅为鸟类提供了栖息地，也为岛上的生态系统增添了一份多样性。

岛上的居民深知生态保护的重要性，他们积极参与到生态建设中来。岛上的垃圾分类、废物回收等环保措施得到了有效实施，居民们用实际行动守护着这片土地。在这里，人与自然和谐共生，共同构建了一个生态友好的社区。

东莞市檀香岛，不仅是一个生态文明的宝地，更是一个文化的传承。岛上的每一个角落，都承载着历史的记忆，讲述着人与自然和谐相处的故事。这里是人们心中向往的绿色家园。

随着时间的流逝，檀香岛依旧保持着它的宁静与美丽。它像一颗璀璨的明珠，镶嵌在东莞市的版图上，闪耀着生态之光。让我们走进檀香岛，感受那里生态环境的宁静与和谐，体验那份与自然共舞的美妙。

我和小树苗的小小约定

□ 胡贝贝（东莞启智学校）

我有一个超级棒的小伙伴，它其实是一棵小小的树苗哦。

那天，在小区里，我偶然发现了它，一棵刚刚被种下的小树苗。它孤零零地站在那里，小叶子有点黄黄的，看起来好可怜。我突然觉得，它可能也像我一样，有时候会感到孤单和无助吧。于是，我做出了一个决定，我要每天都去找它玩，跟它聊聊天，还给它喝点儿水。

慢慢地，小树苗的叶子变得越来越绿了，个子也长高了。我真的好开心，感觉就像是我和它在一起慢慢长大一样。每次看到小树苗，我都会对它说："小树苗，你要快快长大哦，长得高高的，变得壮壮的。"

有一天，我又跑去看小树苗，却发现有人竟然在它旁边乱扔垃圾，还踩掉了它的小叶子。小树苗的叶子都耷拉下来了，看起来好像很疼的样子。我当时就觉得好难过，赶紧把那些垃圾捡起来扔到垃圾箱里。

从那天起，我更加关心小树苗了。我还叫上了我的小伙伴们，让他们也一起来照顾小树苗。我们还一起动手做了一个小木牌，上面写着："请大家爱护小树苗，它是我们的好朋友。"

时间过得真快，小树苗越长越高，叶子也变得越来越绿了。每次看到它，我都会想起我们之间的那个小小的约定，就是要一起长大，一起保护我们共同的地球家园。

后来，老师告诉我，多种树可以帮助地球妈妈呼吸得更顺畅，让我们的环境变得更好。这让我更加下定决心要保护好小树苗。

现在，每次看到那棵已经长大的小树，我都会觉得特别骄傲和开心。我想，只要大家都像我一样去关心和爱护大自然，我们的地球肯定会变得更加美丽。

这就是我和小树苗之间的故事，也是我和大自然的一个小小约定。希望大家都能加入我们的行列，一起来关心和守护我们的地球妈妈，让我们的世界到处都是绿色和希望。

燕子来时

□ 曾胤宁（中山市第一中学）

“无可奈何花落去，似曾相识燕归来。”每次读到这句诗，我的脑袋里就像放电影一样，全是小时候和燕子有关的事儿。

我小时候住在乡下的老房子里。那房子的墙皮一块一块掉，屋檐也破破烂烂的，可我觉得那是世界上最好的地方。屋檐下有个燕子窝，住着燕子一家。

春天一到，春风轻轻一吹，燕子就准时飞回来了。它们就像大自然派来的小喇叭，告诉大家冬天走啦，春天来啦，到处都要热闹起来、充满生机啦！

有一年春天，我早早地就盼着燕子回来。每天早上，我都站在院子里，使劲儿仰头看天空，眼睛都不敢多眨，就怕错过它们。终于，在一个大晴天，我瞧见它们了！两只燕子飞得又快又轻巧，像黑色的闪电，“唰”地一下就朝着老窝飞去。它们在窝边绕了好几圈，好像在看这还是不是自己记得的家，然后就欢欢喜喜地飞进窝里。那一刻，我心里乐开了花，感觉整个世界都变得亮闪闪的，到处都是快乐。

从那以后，燕子就成了我的好朋友。我看着它们忙忙碌碌，一会儿飞出去，一会儿飞回来，嘴里叼着泥土和树枝，认真地修它们的小窝；听着它们叽叽喳喳叫，就好像在说春天里好玩的事儿；傍晚的时候，看着它们一排一排站在电线上，就像一个个小音符，奏响了春天的好听曲子。

后来，城市变得越来越大，到处都是高楼，马路上车多得要命，吵得不行。在这儿，我很少能看到燕子。以前熟悉的燕子叫声，只能在梦里听到了。我老是想起乡下老房子屋檐下的燕子窝，好想再和燕子一起玩儿。

今年春天，我心里特别激动。我家老房子还在那儿，虽然更破了，可我觉得特别亲。我赶紧抬头看屋檐，哇，燕子窝还在，燕子也在！它们还是像以前一样忙忙碌碌地飞着，好像时间根本没走过。

看着这场景，我的眼睛一下子就湿了。现在这世界变得太快，好多东西都变了，可燕子每年都回来，守着它们的家。它们回来，让我觉得生命特别顽强、特别美好，也让我找回了好久都没有的安静和温暖。

她是丛中那抹绿

□ 张静怡（肇庆学院）

肇庆的清晨总是带着薄雾，扫帚与水泥地的摩擦声按时响起，街边早餐铺准时亮起了灯，英姐背上环保袋，去给孙女买早餐。

早餐铺开了二十年有余，生意兴隆。老板何义熟练地接过英姐手里的保温桶，往里头放上两个粉丝鸡蛋包，舀上两勺热乎的豆浆。

“英姐，你之前跟我们说要把店里的垃圾分类好再投放，还真有效果！”何义说着，往保温桶的顶层剥了个茶叶蛋。

前段时间镇区里搞卫生整治，对整条街的餐饮店铺后厨做了全面的检查，严格把控食品生产质量，坚决打造健康绿色、生态环保的餐饮品牌。何义的早餐店经过督察组走访，被评定不合格，勒令整改了一星期。

小店利薄，重新装修还要一笔钱，何义为这个整日发愁，不知如何是好。见英姐走过，何义想到英姐还有一个身份，急忙向英姐取经。英姐摆摆手，进后厨看了一圈，点了点头。她说道：“老何，你这厨房有些年头了，卫生搞得挺好，我建议再多添几个桶。”

何义一听说有解，原本坐在椅子上的他立马站了起来，紧皱的眉头微微松开，连忙请英姐坐下。

英姐说的桶其实是“垃圾桶”，分别回收：可回收垃圾、其他垃圾、厨余垃圾、有害垃圾。英姐认为，做好垃圾分类是创造美好生活环境的第一步，餐饮业每天产生大量的垃圾，如果不及时做好垃圾分类，就很有可能引起食物中毒、细菌滋生等问题。英姐一边指着后厨里的物品，一边进行解说："酱油瓶是可回收垃圾，菜叶这些是厨余垃圾，这些白色的塑料袋啊就是其他垃圾……"

何义起初半信半疑地听着，随着英姐科普的深入，他不自觉拿出手机记录下来，共享到沿街店主群里。

一个星期之后，早餐店重新开业。督查组又来了，这回不但通过了检查，这条街还因为垃圾分类得到了环保表彰。街道上的老板纷纷向老何道谢，何义乐呵呵地笑着，指向不远处的爱心站，说："多亏了英姐啊！"

那里，英姐胸前斜挎着"广东好人"的绶带，正在给台下的中小学生普及垃圾分类的相关知识。

今年是梁少英参与志愿服务的第十五个年头，她将继续把环保理念传递给更多人。